君が何度死んでも

相本孝思　Takashi Sugimoto

アルファポリス文庫

http://www.alphapolis.co.jp/

1

人生は自転車のようなもの、と言った人がいた。
倒れないようにするには、走り続けるしかないという意味だそうだ。
人生はマッチ箱のようなもの、と言った人もいた。
重大に扱うのはバカバカしいが、重大に扱わないと危険だという意味だそうだ。
芝居(しばい)のようなものと言った人もいた。
重い荷物を背負って遠くへ行くようなものと言った人もいた。
川の流れのようなものと言った人もいた。
タマネギのようなものと言った人もいた。
誰もが何かに置き換えて、みんなに何かと言いたがる。
結局、人生は何とでも言えるものなのだろう。

人生は、エレベーターのようなものだと思う。

上がることもあれば、下がることもある。

目的の階まで一気に進むこともあれば、一階ごとに止まってドアが開くこともある。

知らない誰かが乗り込んで、一緒に行くこともある。

親しい誰かと途中の階で、別れてしまうこともある。

そして、最初に階数ボタンを押した時から、既に行き先は決まっているのだ。


七月七日の日曜日。今にも雨が降り出しそうな、薄灰色（うすはいいろ）の午後二時だった。

市内を巡るバスは病院の前に停車すると、短いブザーとともにドアを開ける。

湿気を含んだ生温（なまぬる）い外の風が入り込むのを感じて席を立つが、他に降りる者は誰もいなかった。

すぐ近くの通用門から病院の敷地へ入ると、チャコールグレーの広い駐車場を右手にアスファルトの歩道が伸びている。

その奥に見える建物の、四角い消しゴムを組み合わせたような外観も、白黒二色のモノトーンな景色を印象づけていた。

色の少ない世界だった。

色そのものは同じでも、見えかたは体調や感情によって変化する。

隣に愛する人がいれば、雨の中でも周りは色鮮やかに映る。

でも、病院に向かって一人で歩いていれば、そうはならない。

曇り空がそのまま心に影を落としていた。

休診日の今日は正面玄関が閉鎖されているので、裏手へと回り時間外入口から院内へと入る。

外来患者のいない一階は外よりもさらに暗く、一直線の廊下は奥で暗闇に呑まれていた。

受付で渡されたストラップつきの面会許可証を首から提げて、廊下の途中で角を曲がりエレベーターホールに着く。

手術用、搬入用ではなく、一般用と書かれたドアの前で呼び出しボタンを押して、箱の到着を待った。

ドアが開くと中年の男が、老婆を乗せた車椅子を引いて、うしろ歩きで箱から出てきた。

男がこちらに向かって会釈する。

短く刈り込んだ白髪まじりの頭に、老いと介護の疲れが強く感じられた。

老婆は眠っているのか、もうあまり起きていないのか。

車椅子を引く振動に合わせて、うつむいた頭がぐらぐらと揺れていた。

きっと母と息子なのだろう。少し上を向いた鼻の形がそっくりだった。

二人と入れ替わりにエレベーターへと乗り込んで、右手の操作盤から『5』と表示されたボタンを押す。

ごとん、と病院ならではの遅い動作でドアが閉まると、重い音を立てて箱が上昇を始めた。

背筋を伸ばして、顎を上げて、ドアの上部にある階数ランプが進むさまを見つめる。

あとはもう、立ち尽くして待つばかりだった。

市岡守琉は、病院の匂いが嫌いだった。

ところどころに汚れと傷が見える白い壁、温かみのない昼白色の照明、慌ただしく歩く医師や看護師。

外よりも大人しく神妙な顔つきの若者たち、勝手知ったる他人の家のように我が物顔の老人たち、推理小説の最初のページにあるような、不自然に入り組んだ小部屋に分けられた院内の見取り図。

多くの見慣れない科目を示した誘導サイン、壁に貼られた厚生労働省からの案内や、地域の医療センターからのお知らせ、警察による高齢者詐欺(さぎ)への注意喚起ポスター。

院内に漂う消毒液の匂い、プールの塩素とオキシドールを混ぜたような、鼻を突く刺激臭、洗いたてのシーツのような洗剤と布の匂い、隠しきれず、かすかに届く汚物の匂い。

そして、多くの病と死の匂い。

それらをまとめて、病院の匂いと呼んでいる。

鼻で感じるものだけではない。

目に映る光景、耳に届く音、通りがかる人々までも含まれている。

雰囲気と呼ぶと掴みどころのない気配のように思えるから、やはり匂いと呼ぶのが相応(ふさわ)しかった。


病院の匂いは、異世界の匂いだった。

大きな怪我(けが)をして痛い思いをしたとか、大病(たいびょう)を患(わずら)って苦しい思いをしたから嫌いになったのではない。

むしろ逆に、馴染みがない場所ゆえに、いつも強い違和感を覚えていた。

二一年の人生で、病院を訪れた機会は数えるほどしかない。

赤子の頃は知らないが、記憶にあるのは、小学一年生の秋に高所から落ちて左膝を縫った時と、中学三年生の夏に傷んだ牛乳を飲んで当たった時の二回だけ。

学校の保健室へも、定期的な予防接種と身体測定以外には入ったこともなかった。

――こいつは俺に似て頑丈だからよ。

ふと、かつて聞いた父の声が頭に響く。

小学四年生の冬、インフルエンザが流行して学級閉鎖になった朝。

隣家のおじさんから、マー君は風邪もひかずに元気だね、と褒められたあとの返事だった。

忘れずにいるのは、その言葉に大きなショックを受けたからだ。

父に似ている。

それはお前も大人になると、太ってだらしがなくなって、顔も浅黒く脂ぎって、口や鼻から臭いタバコの煙を吐いて、酒を飲んでは人や物に当たり散らす男になるぞと宣告されたように思えた。

父がどこか得意気で、髭だらけの顔に照れたような笑みを浮かべていたのも覚えている。

この人は何がそんなに嬉しいのか、小学生に分かるはずもない。

ただ、それは父との感性の違いに気づいた最初の出来事だった。

エレベーターが五階に到着する。

消化器内科病棟は明るく人の姿も多い。

日曜日の面会時間は、病院という場に気を遣いながらも、賑やかな声が飛び交っていた。

生死という、希望と絶望が入り混じって社交ダンスに興じる場。

それもまた病院の匂いの一つだろう。

廊下を進んで三つ目の病室に入る。

六人部屋は他に見舞いの者もおらず静かだった。

外出しているのか、手前両側のベッドには入院患者の姿もない。

それを横目に奥へと進むと、窓際左側のベッドを囲む薄緑色のカーテンをそっと開いた。

白い柵付きのベッドには、父が枯れ木のように横たわっていた。

上半身をわずかに起こしたベッドの上で、こちらを出迎えるように顔を向けている。

しかし両目は閉じた線になっており、昼寝中の穏やかな呼吸音が聞こえていた。

五一歳とは思えないほど老け込んだ顔をしている。

頭髪の減った頭と痩けた頬からは頭蓋骨が透けて見えるようだ。

両鼻から両耳へかけて酸素吸入用の細い透明のチューブが渡っている。

掛け布団から出た左腕にも、肘に点滴の針が刺さっていた。


――マー君！　親父さんが『酔春』で倒れたぞ！

三日前の深夜。電話を取るなり慌てた口調でそう告げられた。

かけてきたのは、実家の隣に住む小中学校時代の同級生。

風邪もひかずに元気だねと褒めてくれたおじさんの息子だった。

久しく会っていなかったが、電話番号を長く変えずに使い続けていたので連絡が取れたようだ。

『酔春』というのは地元の繁華街に古くからある居酒屋で、近所の者なら誰でも知っている店だ。

父はそこで酒を飲んでいるうちに意識を失ったらしく、単なる酔い潰れではないと気づいた顔馴染みの店主が、慌てて救急車を呼んでくれたそうだ。

病床に眠る父をそのままに、側に置かれた籠から使い終わったタオルと下着を回収して、洗い替えのパジャマとタオルに交換する。

ベッドの柵に付けられた『市岡新太郎様』というネームプレートを見て、父の名前を改めて心に留めた。

居酒屋で倒れたのは不幸中の幸いだろう。

一人で暮らす実家なら二、三日は誰にも発見されなかったはずだ。

あの日、ほどなくして病院で意識を取り戻した父は、目の前の医師と居酒屋のおかみさんに向かって、悪い悪い、ちょっと飲み過ぎたなと、頭を掻いて苦笑いした。

もちろん、それで場が和むはずもない。

冷めた雰囲気のまま、側に立つこちらには目を合わせようともしなかった。

そして翌日に再び目を覚ました父は、早速家に帰ろうとして看護師たちを困らせたらしい。

息子にも近い歳の者たちを相手に押し問答をしていたが、やがて体力の衰えを思い知ったらしく、再びベッドに戻っては苦痛にもがき耐えていたそうだ。

そんな話を笑顔の看護師たちから聞かされた。

父がご迷惑をおかけして……と謝らざるを得ない理不尽さに苛立った。

——アルコール性の慢性肝炎、肝硬変の疑いもありそうです。

横分けの白髪頭に口髭をたくわえた初老の医師からそう告げられても、全く驚かなかった。

頑丈さを自慢にしていた父の体が壊れるとすれば、まずそこしかないと思っていたからだ。

肝臓は体に取り込んだ糖や蛋白質や脂肪などを溜めてエネルギーにする機能と、アルコールやアンモニアなどの有害な物質を分解して排出する機能がある。

その肝臓が弱ると体にエネルギーが供給されなくなり、有害な物質も分解されず体内に蓄積されるのだ。

結果、栄養不足になって体が弱り、血液も濁って酸素不足に陥る。

肌や目の白い部分が黄色くなって、腹に水が溜まって、意識も混濁するそうだ。

肝臓が弱る要因は、先天性の場合も含めて複数あるが、父のケースは明らかに過度の飲酒によるアルコールの影響だった。

長年にわたり身体の処理能力を超える量を摂り続けてきたせいで、肝臓は絶えず炎症を起こし続けていた。

肌や喉のかぶれなら小さなものでも気になるが、肝臓の炎症は重症化するまで自覚症状がほとんどない。

不調を感じた時点で既に病状はかなり進行しており、倒れたとなると取り返しのつかない事態が想像できた。


そして肝硬変とは、その取り返しのつかない事態を示す病名だ。

炎症を起こし続けていた部位が、ついに固まり完全に機能しなくなることだ。

こうなると、もう飲酒を止めても回復しない。

手術で硬化した部分を切り取って、残りの部分だけで生き延びるか、それも無理なら他人の肝臓を移植してもらうしかないだろう。

どちらも極めてリスクの高い処置になる。

そして今の父には、手術に耐えられるほどの体力はなかった。


——こんなになるまで、どうして放っておいたんだ！

がんがんと、頭の中で声が響く。

医師の発言ではない。守琉自身の思いだった。

自業自得と言うのは簡単だ。

誰も酒を飲めと強要していない。

漏斗を口に突っ込んで、無理矢理に流し込んだわけではない。

自らの意思で酒を飲み、良くないことだと知りつつも飲み続けて、予想通りに体を壊したのだ。

そう、予想通りだった。

誰もがこうなると分かっていた。

それなのに酒を断たせようとはしなかった。

気づいていながらも、結局は壊れてゆく父を見放したのだ。

たった一人の身内ですらも。


「……早く行かないと、間に合わなくなる」

ふと、父が苦しそうな寝言を言って顔をしかめる。

呼吸が乱れて上下する胸の速度がわずかに速まった。

守琉は体を固めてじっと様子を窺う。

起こすべきか、ナースコールを押すべきか。

だがすぐに呼吸は落ち着き、表情もほっとしたように弛緩した。

酒焼けと黄疸の混じった顔色は、葬式で見る遺体よりも体調が悪そうに見える。

これでもいくらか持ち直したと医師が言っていた。

早く行かないと、間に合わなくなる。

今、父はそう言った。

今さらどこへ行くのか、何に間に合わなくなるのか。

何か悪い夢でも見たのだろうか。

しかし、この現実以上に悪い夢などあるのだろうか。


取り替えたタオルと下着の入った紙袋を持ち上げると、足音を立てずにベッドから離れて病室を出る。

寝付いている父をわざわざ起こす必要はない、というのは自分への言い訳に過ぎない。

本当は、顔を合わせて会話するのを避けていた。

来た時と同じ廊下を引き返して、エレベーターの箱に入ると、今度は『1』と表示されたボタンを押す。

ごとん、とドアが閉まって箱が下降する。

父との距離が再び遠ざかっていった。


肝硬変とは象徴的だ。

日々痛めつけていると患部は炎症を起こし、それでも刺激を繰り返していると、やがて凝(こ)り固まって取り返しがつかなくなる。

親子のこじれた関係も、それと同じようなものだろう。

小さな諍(いさか)いや行き違いで傷つけあって、いつの間にか修復できないほど壊れてしまう。

治療法はあるのだろうか。

切り取って、捨ててしまう以外に。


ドアが開くと一階に到着している。

階数のボタンを押した時から決まっていた未来。

廊下を戻って面会許可証を返却して病院の外へ出る。

モノトーンの景色は、来た時と何も変わっていなかった。

2

「お久しぶりです、市岡さん」

水尾香苗は喫茶店の端の席で、目の前の男に向かってそう言う。

「ああ、いきなり呼び出してすまない、香苗さん。迷惑だったか？」

市岡新太郎は落ち窪んだ目を大きくさせると、若い女を睨め回すように視線を動かしつつ席に着いた。

年が明けて間もない一月中旬、冬空が澄み渡る午後。

店内は小綺麗で趣のある、昔ながらのコーヒーショップだった。

オレンジ色の照明にレンガ模様の壁、艶のあるマホガニーのテーブルを広めに並べて、座面の赤いアンティーク調の椅子を置いている。

店は住宅街にあるせいか慌ただしさもなく、客も香苗の他には三組しかいない。

天井近くに据え付けられたスピーカーからは、緩やかなジャズが静かに流れていた。

「元気そうだな、香苗さん。こうして会うのも、いつぶりになるかな」

市岡は頭にハンチング帽を被り、顔に丸眼鏡を掛けて、白髪交じりの口髭を生やしている。

背はそれなりに高いが痩せており、身に着けた焦げ茶色の古いスーツを持て余していた。

「前に会ったのは一昨年の冬でした。この店の、同じ席で」

香苗は伏し目がちの顔に気弱そうな笑みをたたえる。長い黒髪が顔の横を流れた。

白のニットにチェックのスカートを身に着けて、青色のショルダーバッグを膝の上に載せている。

テーブルの上の両手は、まるで大切な物を扱うかのように、ストレートティーの入ったカップを包んでいた。

「もうそんな前になるのか。近頃は一年も二年も早く感じられる」

「私は、随分と間が開いたように感じていました」

「このまま会うこともないと思っていた？」

「そんな、思うはずがありません」

「どっちでもいいさ。あんたを見るとな、年月が経っているのがよく分かる。会う度に大きくなっているからな」

「でも私、もう一九歳だから、子どもの時と違って、そんなに成長していないと思いますけど」

「そんなことないさ。俺には分かるんだ。大人っぽくて、ますます美人になってきた」

市岡はにやりと笑ってコーヒーを一口飲む。

香苗は上目遣いで市岡をじっと見つめていた。

「市岡さんは、少し痩せましたか？」

「そうか？　外が寒くて顔が縮こまっているだけだろ」

「ご飯、ちゃんと食べていますか？」

「心配されなくても、それくらいの金はあるさ」

「いえ、そういう意味じゃなくて。体調があまり良くないように見えたので」

「……いや、全然問題ないな」

市岡は顔を伏せて苦笑いすると、スーツに隠れた細い右腕を持ち上げて力こぶを作る真似を見せた。

「痩せたと言っても前が太り過ぎていたんだ。今はすこぶる快調だ」

「それなら、いいんですけど」

「居酒屋の親父からも痩せろ痩せろと言われて、いざ痩せたら体を壊したのか、大丈夫かって言われる。全く余計なお世話だ」

「そんなつもりじゃ……」

香苗は口籠もって頭を下げる。市岡は話題を打ち切るように膝を叩いた。

「俺のことより、香苗さんのほうはどうだ？　一九歳ならもう高校は卒業したな？」

「今は短大に通っています。食物栄養学科です」

「まだ勉強するのか。大したもんだ。食物栄養学科って何だ？　食べ物や栄養の勉強か？」

「そうです。食品の栄養管理や衛生管理の勉強とか、農業や医療に関する授業もあります。他にお料理も習っています」

「料理か。じゃあ将来は料理人か？」

「まだ決めていません。お店の料理人もいいですけど、管理栄養士の資格を取れば病院や介護施設でも働けるかなと」

「色々と考えているんだな。学校は楽しいか？」

「はい。覚えることが多くて大変ですけど、新鮮で勉強になります。私、とにかく何か手に職を付けたいと思っているんです」

「何でも身に付けておけばいい。それに料理ができたら食いっぱぐれずに済む。なにせ自分で作ればいいんだからな」

　市岡は視線を逸らして鼻で笑う。香苗も眉をひそめたまま微笑み返した。

「まあ精々（せいぜい）、頑張るんだな。料理人でも病院でも、香苗さんなら大丈夫だろ」

「ありがとうございます……あの、今度、市岡さんにご飯を作って来てもいいですか？」

「いらないよ、そんなの」

「でも……」

「差し出がましい真似はするな。あんたは他に沢山やることがあるはずだ」

　市岡は窓に目を向ける。石畳の広い歩道は、夕刻に近づくにつれて人通りが増え始めている。

乳母車を押す若い母親、下校途中の女子生徒たち、携帯電話を手にした女性会社員のあとを、買い物袋を提げた老婆がゆっくりと歩いている。

「……学校に行って、仕事のことも考えていて、よくやっているよ。飯を作りたければ家の両親に食わせてやれ」

「そう、ですね……」

香苗は少しうつむいて口を噤む。

市岡はしばらく窓の外を眺めていたが、やがて気づいたように香苗のほうを振り向いた。

「なんだ香苗さん、何か言いたいことでもあるのか？」

「え？　いえ、別に……」

ふいに店内の音楽が途切れて静寂が訪れる。

香苗も言葉を止めて、そのまま数秒間の沈黙が続いた。

やがて次の曲が始まると、市岡はあらためて口を開いた。

「また学校で何かあったのか？　前みたいに、クラスの誰かに虐められているのか？」

「いえ、それはもうありません。短大はいいところです。友達も何人かできました」

「じゃあ……」

「それより、今日はどうして私を呼んだんですか?」

香苗は話を遮って尋ねる。

市岡は訝しげな目を向けていたが、やがて小さくうなずいてスーツのポケットに手を入れた。

「渡す物があってな。あんたが欲しがっていた物だ」

そう言って一通の茶封筒を香苗の前に投げ置いた。

香苗は茶封筒を取ると、糊付けされていない口を開けて中をあらためる。

そして小さく息を呑んだ。

「これ……」

「約束したことだからな。物足りないかもしれないが」

「充分です。ありがとうございます、市岡さん」

香苗は両手で茶封筒を胸に抱いて頭を下げる。

市岡はその仕草を見つめたまま、机の下で軽く拳を握った。

「それをどう使うかは、香苗さんの勝手だ。だが親には内緒にしておくんだな」

「大丈夫です。市岡さんのご迷惑にはならないようにします」

「俺のことじゃない。あんたのために言ってるんだ」

市岡は節くれ立った手を伸ばすと香苗の白い頬に触れる。

香苗は思わず体を震わせたが、避けようとはせず、そのまま市岡の顔をじっと見つめた。

「だけど、香苗さん。忘れるなよ。俺はいつもあんたを見ているからな」

市岡は黄色く濁った目を向けて、低い声で伝える。

香苗は黙って唇を噛むと、静かに目を伏せてうなずいた。

胸に押し付けた茶封筒が、かさりと音を立てた。

3

自分を中心に世界が動いていると思うことがある。

この世に存在するのは自分だけで、あとは世界も人も自分のために作られたものに過ぎない。

だから楽しい時は何もかもが美しく輝いて見えて、暗い時は世界がまるで滅亡寸前の闇に包まれたように思えてしまう。

王様である自分が、世界に影響を与えているからだ。

でもそれは、自分が感情を通して世界を体験しているから、そう思うだけだ。
外部から情報を得る自分の五感が、浮かれているか、落ち込んでいるかに過ぎない。
冷静になって統計でも取れば、何も不自然なところはないと分かる。
自分が世界に与える影響は、針の先より小さな物で、もし存在しなくなったとしても、
世界はほとんど何も変わらないと知るだろう。

それに気づくと、人は大人になるという。

自分もまた世界を構成する一員に過ぎず、毎朝の電車から放出される大勢の一人に過ぎない。

根拠のない万能感を捨て去り、身の程をわきまえれば、そこに紛れる矮小(わいしょう)な自分の姿が見えてくるだろう。

大人になるとは、一人前の人間になること。

決して二人前や百人前ではないと思い知ることだ。

だが、それを知ったところで、結局は自分が世界の王様であることには変わりない。

感情を通して体験している限り、その意識からは逃れられないのだ。

世界に何の影響力も及ぼさない王様。

そこにはただ、何も変えられないという絶望的な無力感が残るだけだ。

市岡守琉は市立病院からバスに乗って、自宅のあるマンションへと帰る。

途中から雨が降り始めるのを車窓（しゃそう）から眺めていた。

風もなく、音もほとんど響かない静かな雨。

町は霧（きり）がかったように薄ぼんやりとしていた。

住処（すみか）は駅を中心とした町のやや外れに建つ、青白い外観のタワーマンションにあった。

正面玄関を通って一階のエントランスホールへと入り、エレベーター前で呼び出しボタンを押す。

病院の物よりも早い動きで箱が到着し、病院の物よりも狭いドアから中へと入った。

ベージュ色の床と、グレー色の保護カーペットが壁面に貼られた空間。

慣れた動作でドア右手の操作盤から『6』と表示されたボタンを押す。

ドアが閉まるなり、押し上げられる感覚とともに箱が上昇した。

円柱形のマンションは二階から外周に沿って部屋が連（つら）なり、中央は地上から一直線の吹き抜けになっていた。

二〇階建てで部屋数は一二八戸、間取り（まど）は守琉の住む六階の一室で2LDK、上層階では3LDKが設けられている。

二一歳の独身男性にしては、ややそぐわない広い家に住んでいた。

——市岡君。いい物件があるぞ。

三年前に勤務先の社長から野太（のぶと）い声でそう薦（すす）められた。

高校を卒業後、町にある小さな不動産会社に勤めている。

大手ではなく、二〇名ほどの社員が働く、地域密着型の店舗だった。

——うちが管理している物件のひとつに空室ができた。売りに出してもいいが、住んでみる気はないか？

不動産会社で働いているのだから、自分でも実際に住居の契約や、諸々の手続きを含めた単身者の生活を体験したほうがいい。

客の相談にも親身になって応じられるだろうという話だった。


もちろん理由はそれだけではない。

マンションは近代的な作りだが、築年数は二四年を過ぎて老朽化（ろうきゅうか）が目立ち始めていた。

今時、玄関のエントランスホールにはオートロックもなく、バリアフリーも考慮されていない。

部屋は水回りにやや難がある上に、窓が全て西向きのため、朝は暗く夕方には強烈な西日が射し込むというデメリットもある。

要するに、一般客には家賃を下げても売り辛い物件だった。

だが、若い男にとっては、その程度の不便は問題なかった。

オートロックもバリアフリーも不要で、水回りも修繕できるレベルだった。

平日は朝から夜まで仕事に出ているので、陽当たりも気にはならない。

会社から家賃の補助金も出るとなると、むしろかなり良い条件の物件だった。


唯一気になったのは、やはり一人で住むには広い間取りだ。

しかし古風で剛毅な性格の社長は、男が住むならこれくらいがいいと譲らなかった。

――家は城だ！　狭い家だと男の器も小さくなる。いずれ結婚すれば嫁さんと一緒に住めるんだぞ。

なるほど、とは思わなかったが、その前向きな主張に乗せられて、結局そのまま賃貸契約を結んだ。

何よりも大きな動機は、早く実家から出て行きたかったからだ。

以来三年間、守琉は一人暮らしを続けている。

結婚はおろか、家に招く女性もいない。

何度か付き合ったが長続きせず、仕事が忙しいこともあって、今は独り身に満足していた。

広い部屋を持て余し、さほど料理もしないキッチンには包丁とまな板と一揃い（ひとそろい）の食器しかない。

そして部屋の一つは、日々着実に物置へと変わりつつあった。

4

エレベーターのドアが開いて六階に到着する。

降りた先では廊下が左右に伸びており、その向こうには、広大な吹き抜けを取り囲むように各部屋のドアが並んでいた。

人の姿はなく、寂しい廃墟（はいきょ）のように静かで無機質（むきしつ）な光景が広がっている。

しかし、耳を澄ませば各部屋から、人の話し声や物音などの生活音が廊下にまで響いていた。

マンションの入居者は夫婦二人か、子供や親を含めた三、四人の世帯がほとんどだ。単身者は自分を含めてごく僅かしかいない。

勤務先の会社が管理している物件なので、各家庭の構成は大体把握していた。

家は609号室で、エレベーターから左回りに廊下を進んで八番目のドアにある。

『4』は『死』に繋がるという理由で604号室は省かれているので、八つ目の家が609号室となっていた。

マンションによっては『9』も『苦』に繋がるので省かれる場合もあるが、ここではそのまま設けられている。

だが数字を気にして入居を避けられることも少なからずあるらしく、守琉がすんなり入居できたのはその辺りに理由があった。

吹き抜けの空間を右手に廊下を歩く。

そちら側には胸の辺りまである手摺りつきのガラス柵が設けられていた。

吹き抜けは遥か上の屋上まで開口しているので、降り出した雨が一階の中庭を濡らし始めている。

中庭には名前の知らない常緑樹の高い木とベンチが並んでいた。

レイアウトにはマンションデザイナーのこだわりがあったらしいが、各階の廊下から見下ろせる場所にあるせいか、憩いの場に用いる入居者は誰もいなかった。

次第に強まる雨音に耳を傾けながら、ぼんやりと今後のことを想像する。

今日の予定ではなく、病院に担ぎ込まれた父とのこれからだった。

入院生活はまだしばらくは続くだろうから、自宅と病院との往復、実家も含めた三点を行き来する日々になる。

昔のように父の指示で動き回り、父の下着を洗濯する生活。

忙しくなるが、それは大して苦ではない。

問題はそのあと、退院後の父とどう付き合っていくかだ。

過度の飲酒で倒れた以上、もう一人にしておくことはできない。

アルコール依存症の患者は孤独な日常生活を送っている場合が多い。

飲まないように、控えるように、息子さんも日頃から気をつけて見守って欲しいと、病院の医師からも居酒屋の店主からも言われていた。

三年ぶりに実家へと戻るか、父をこのマンションに呼ぶか。

いずれにせよ、再び父と一緒に暮らすことになるだろう。

あの頃と同じ二人暮らしに。

無関心な態度とともに、お互いの本心と、大きな疑問から目を背け続ける日常に……


その時――

頭上の遥か遠くから鋭い声が耳に届いた。

小犬が吠えたような短く甲高い音。

反射的に雨の降りしきる吹き抜けのほうを振り向く。


その目の前を、逆さまになった女が通り過ぎた。

――え？


パンッという大きな音が、今度は足下の遥か遠くから聞こえた。

体が彫像のように硬直して身動きが取れず、大きく見開いた目は、何もない吹き抜けの空間だけを見つめていた。

今、何を見た？　何が起きた？

止まっていた思考がゆっくりと動き出す。

悩んでいた将来への心配は一瞬のうちに霧散し、今ある全てに神経が集中していた。

吹き抜けのほうに足を向けて、ガラス柵の縁（ふち）に両手を掛けて、階下を覗き込むように首を伸ばす。

おそらく数秒間の動作が、ひどくゆっくりに感じられた。

中庭のほぼ中央には、うつ伏せに倒れた女の姿があった。

5

生温い雨がシャワーのように後頭部を打ち続ける。

女は水色のカーディガンと花柄のロングカートを穿（は）き、小振（こぶ）りのストローバッグが左手からやや離れたところに落ちている。

顔は見えないが、服装から若者だと分かる。長い髪が扇状（せんじょう）に広がっていた。

六階からでは床に落ちた小さな人形のようにも見えて、むごたらしい様子までは確認できない。

しかしこの高さから落ちれば、もうどう考えても無事では済まないだろう。


耳の奥では、たった今聞いた音が何度も繰り返されている。

ドンッではなく、パンッ。

重い衝撃音ではなく、弾けるような破裂音（はれつおん）。

そんな音が鳴るのかと知って身震（みぶる）いした。


六階のガラス柵の下には、幅一メートルほどの支柱にナイロン製の網を張った転落防止ネットが廊下に沿って設けられている。

ネットはマンションの二階、六階、一一階、一五階に取りつけられていた。

元々はガラス柵だけの転落防止措置だったが、一〇年ほど前に高層階にいた子どもがボールを落として、それがちょうど中庭を歩いていた住人に当たり怪我をさせた事故があったらしい。

それで、一応の安全対策として転落防止ネットが中途半端に設置された、とマンションの記録にはあった。

だがそれも今回は役に立たなかったようだ。

六階の守琉も、一階の女も、微動だにしなかった。

落ちた、人が落ちた。

痛いほど胸に押し付けたガラス柵には充分な高さがあり、大人でも誤って落ちるとは考えられない。

伸ばした首をそのまま持ち上げて、上の階に目を向ける。

見える範囲ではガラスが割れたり、柵自体が壊れたりした様子もなかった。

——自殺か？

首を戻して正面を見据える。

数分前、もしかすると数十秒前、確かに女が落下する姿を目撃した。

いや、それだけではない。

一瞬の出来事をカメラで捉えたように、女の大きく開いた目と、驚いたような表情まで脳裏(のうり)に焼きついていた。


マンションの外から救急車のサイレンが聞こえてくる。

誰かが通報したのかと思ったが、いくらなんでも早過ぎる。

案の定、サイレンはそのまま遠ざかっていった。

――何かがおかしい。

女は廊下の周囲に張られた転落防止ネットにも掛からず、吹き抜けのほぼ中央を落下していた。

ということは、ガラス柵をまたいだあと、中央に向かって大きくジャンプしたか、あるいは転落防止ネットを渡って、その縁から飛び降りたかに違いない。

だから事故ではなく、自殺としか思えなかった。

しかし、転落直後に見た女の顔は、なぜか予想外の事態に驚いたような表情だった。目も口も大きく開いて、信じられないといった風に見えた。

しかも、その顔が上下逆さまになって通り過ぎた。

女は何十メートルも下の地面に向かって、まるで水泳選手のように頭から飛び込んだのだ。

さらに、倒れた女の側には、彼女の物らしいバッグも一緒に落ちていた。

飛び降り自殺といえば、脱いだ靴の下に遺書を添えて、裸足で手を合わせてから臨むのが定番だ。

そんなルールに従う必要もないが、バッグ片手に死出の旅路へと向かうだろうか？

自ら命を断つとすれば、あまりにも不自然なことが多い気がした。

——事故でもなく、自殺でもないとすれば？

ゆっくりと顔を下げて、再び中庭を見つめる。

女の体を縁取るように赤い血溜まりが広がり始めていた。

上の階にも下の階にも人はいない。

首の辺りでやけに大きく聞こえる脈拍と、無意識に震え続ける足と、降り続ける雨粒以外には何も動くものはなかった。

——どうして放っておいたんだ！

頭の中で声が響く。

ベッドの上で枯れ木のように横たわる父の姿。

見捨てた過去が、取り返しのつかない後悔となって責め立てた。


女が事故か自殺かと考えている場合ではない。

今は一刻も早く中庭へ行って様子を見に行くべきだろう。

そしてまだ息があるなら、その可能性は低いだろうが、できる限りの方法で助けなければならない。

そこに迷いがあってはならなかった。

そう決意するなり、勢いよくガラス柵から身を離す。

そして踵を返して廊下を戻り、エレベーターへと飛び込んだ。

操作盤から『1』のボタンを押すと、機械に向かって急かすように足踏みを繰り返す。

ぐぐっと、重みのある動きでドアが閉まり、がくんっと音を立てて箱の降下が始まった。

巨大な力で上から押さえつけられるような感覚がする。

女が誰かは知らない。

どんな事情があったかも知らない。

それでも、とにかく無事であって欲しい。

目撃者の責任として、未来に後悔しないために、ただ純粋にそう願い続けて到着を待った。

ちらりと覗いた腕時計の針は、午後四時過ぎを示していた。

6

「香苗！」

突然、夜道で背後から男に腕を掴まれて、水尾香苗は振り返る。

目線の先には、太眉で精悍な顔つきの男が、訝しげな目を向けていた。

「あ……お父さん」

香苗はそう言うと立ち止まって肩の力を抜く。

代わりに両足に力を入れて、座り込みそうになるのを踏み留まった。

寒風の吹きすさぶ二月中旬の土曜日、最寄り駅から自宅へと帰る途中。

道は自動車一台がやっと通れるくらいの幅しかなく、両側には家々の塀が壁となって立ち塞がっていた。

外灯も少なく、夜九時を過ぎると車も人の通りもほとんどない。

耳に栓をされたような静けさの中、二人の声だけが響いていた。

「どうしたんだ？　香苗。そんなに怯えた顔をして」

「ううん……いきなり腕を掴まれたから、びっくりしただけ」

「いきなり？　さっきから声をかけていたじゃないか。気がつかなかったのか？」

父はグレーのスーツにベージュのコートを着て、大きめのビジネスバッグを肩から提げている。

保険外交員なので土曜日に出勤することも多かった。

「お父さんも、今帰り？　一緒の電車だったのかな？」

「そうみたいだな。香苗は遊びに出かけていたのか？」

「それよりお父さん、途中でおかしな人に会わなかった？」

「おかしな人？　いや、誰にも会わなかったけど。どういうことだ？」

「今日ずっと、誰かに後をつけられていた気がするの」

「何だって？」

父は娘の話を聞くなり素早く後方に目を向ける。

しかし暗い一直線の道は、遠くの交差点まで誰の姿も見当たらなかった。

「……それで、お父さんが腕を掴むまで振り返らなかったのか」

「知らない人が追いかけてきたのかと思って」

香苗はうつむいて地面を見つめたまま、コートのポケットに入れた両手を腹の前で重ね合わせる。

「ひどいな。お父さんを知らない人と間違えるなんて」

「お父さんこそ、よく後ろ姿だけを見て私だって分かったね。こんなに暗いのに」

「当たり前だ。香苗は町中でお父さんの後ろ姿を見ても気づかないのかい？」

「ちょっと、自信ないかも」

「おいおい……もうちょっとお父さんにも関心を持って欲しいな」

「ごめんなさい……」

「え？　冗談だぞ、香苗」

　香苗の暗い声を聞いて父は大袈裟におどける。

　しかし娘の表情が変わらないのを見るとすぐに笑顔を止めた。

「香苗、ずっと誰かに後をつけられていたって言ったね。どんな奴だったんだ？」

「……灰色のニット帽を被って、緑色のジャンパーを着た男の人だった。下は黒色か青色の、デニムみたいなのを穿いていたと思う」

「顔は？」

「よく分からない。眼鏡を掛けて、白い大きなマスクをしていたと思う。私もあんまりジロジロ見られなかったから」

「ふうん、そいつに何かされたのか？」

「別に何も。でも遠くからじっとこっちを見ている感じだった。お昼に同じ電車の車内にいるのに気づいて、そのあと駅で友達を待っている時も、近くにいるのを見つけたの」

「どこの駅だ？」

「本山駅。フルトピアに行っていたから」

フルトピアは駅に隣接する複合施設の名称だ。広大な建物にはブランドショップや飲食店街が入り、高層オフィスビルやマンションにも隣接している。

駅の地下街とも連結しており、平日休日を問わず人通りの絶えない一帯だった。

「あそこは広いだろ。同じ駅で降りて、同じように人を待っている奴なんて他にも沢山いたんじゃないか？」

「だけど、そのあと何度も見かけたの。あっちでも、こっちでも。気がつくといつも同じような距離で立っていたんだよ。女物の服を売っている店の前でも立っていて、まるで奥さんか彼女を待っているようなふりをしていたの」

「知り合いじゃないのか？　見覚えのある顔だったとか」

「そんなにしっかりとは見なかったけど、友達や昔のクラスメイトにそんな人はいなかった。格好も野暮ったくて、もっと年上としか思えなかった」

香苗は少し落ち着きを取り戻したこともあり、歩きながらやや声を大きくして訴える。

父は眉間に皺を寄せつつ、黙って娘の顔を見つめていた。

「それからご飯を食べに行ったけど、お店を出たところにもいたの。柱の陰になってよく見えなかったけど、きっと同じ人だと思う」

「一緒にいた友達にも話したのか？」

「言ったよ。でも気にしないほうがいいとか、知らないふりをしたほうがいいって。うっかり目を合わせたら追いかけて来るからって」

「そんな奴なら、目が合ったら逆に気まずくなって逃げ出すよ。いや、でも関わらないほうがいいぞ」

「それで、帰りに友達と別れて駅のホームで待っていたら、やっぱりいたの。しかも同じ電車に乗ったんだよ」

「じゃあ車内で顔を合わせたのか？」

「ううん。私は二両目だったけど、その人は三両目に乗ったと思う」

「お父さんはどうだったかな。後ろのほうだったから、六両目くらいか」

「家まで付いて来たらどうしようと思って。それでもう気づいていないふりをして帰ってきたの」

「だから後ろから呼んでも気がつかなかったのか。頭の中で耳を塞いでいたんだね」

父は納得して穏やかな口調で返す。

香苗は唇を噛んで小さくうなずいた。

「おかしな奴に付きまとわれたな。でも友達の言う通り、気にしないほうがいい。さっさと忘れるんだな」

「でも、何か理由があったんじゃないかな？　だって本当に、付かず離れずにいるんだよ。何の意味があるの？」

「香苗が可愛いからだろ。見つめていたかったんだよ」

　父は微笑を浮かべて娘に伝える。

　しかし香苗は顔を曇らせて首を振った。

「本当の話だよ。好きな女優やアイドルを追いかけているみたいなものだ。でも自分から話しかける勇気もないから、ただ見ていることしかできなかった。そういう奴もいるんだよ」

「……そんなこと言われても」

「だから放っておくしかないんだよ。どうせ二度と会わないんだ。考えるだけ無駄だよ。家に帰ってゆっくり休め」

「でも、今日だけじゃないんだよ。前から何度も、同じ人を見ているの」

　香苗の言葉に父は目を丸くする。

　ぞっとするほど冷たい風が二人の間を通り抜けた。

「大体は学校帰りの夕方や、今日みたいに休みの日によく現れるの。服装は違うけど、いつも遠くから、じぃっと立っていて私のあとを付けてくるの」

「それは、本当に同じ奴なのか？　遠目から見て、服装も違っていれば分からないんじゃないのか？」

「それはそうだけど、でも気配が同じような気がするの。本人は隠しているつもりだろうけど、距離の取り方とか立ち姿までは変えられないと思う。お父さんが後ろから見ても私だって分かるのも、そういうことでしょ？　髪型や服装だけじゃないよね？」

「いつから付きまとわれるようになったんだ？　他に何か、気づいたことはあるか？」

「はっきりと感じるようになったのは去年の一二月くらいかな。その前から何か見られているような気はしていたけど。他に気づいたことは何も。私もしっかりと見ておけば良かったんだけど」

「いや、見ないほうがいい。何も知らなければそれでいいんだ」

　父は深刻な顔つきになって否定する。

　二人が入居するマンションはもう目の前だった。

「分かったよ、香苗。大丈夫だ。お父さんがなんとかするよ」

「警察に通報するの？」

「警察はあてにならない。実害がなければまともに動かないんだ。香苗にボディガードを付けてくれるわけでもないし、気をつけてくださいと言われるだけだよ」

「そうだよね。じゃあ、どうするの？」

「お父さんがそいつを捕まえてやる」

「そんなの、危なくない？」

「おいおい、お父さんを甘く見るなよ。娘に付きまとうストーカーなんて目じゃないさ」

父は大袈裟な笑顔を向ける。

「だから、香苗はもう心配するな。それと、もしまたそいつを見かけても無視するんだ。間違っても近づいたり声をかけようとしたりするんじゃないよ。かえって警戒されかねないからね」

「分かった、そうする。それと、できればお母さんには内緒にしておいて欲しい」

「そうだな。余計な心配をかけるだろうしな」

父は了解すると腕を伸ばして娘の細い肩を強く抱いた。

「よし、もう家に入ろう。大丈夫だよ。お父さんに任せておけ」

父の言葉に香苗は黙ってうなずいた。

7

人は常に頭の中で、予定を立てて行動している。

学校で勉強をする予定、会社で働く予定、コンビニで買い物をする予定、これから牛乳を飲む予定。

ありふれた日常でも、普段通りの行動でも、必ず結果を意識している。

その意識できる結果こそが、予定というものだ。

予定とは、先取りした未来の記憶だ。

人は過去に立てた予定に従い、未来に向かって、現在を生きている。

未来の予定は近付くほどリアルになり、やがて現在と同一になる。

飛び石が見えていないと、急流の川は渡れない。

すなわち行き先にある足場は、現在にある未来の予定だ。

人はこれから起きることを、起きる前から知っている。

だから、稀に全く予定外の事態に直面すると、現在を見失って身動きが取れなくなるのだ。


市岡守琉はエレベーターのドアが開くなり、すぐさま箱から飛び出し一歩踏み出す。

しかし次の瞬間、なぜか足はぴたりと止まり、その場から動けなくなってしまった。

——何をするんだっけ？

肩透かしを食らったような戸惑いを覚える。

足を止めたのは、思いがけない疑問のせいだった。

目の前では廊下が左右に伸びており、その向こうには、広大な吹き抜けを取り囲むように、各部屋のドアが並んでいる。

はっきりと分かるのは、一階とは異なる景色ということだった。

一階ならエレベーターの前には、正面玄関に繋がるエントランスホールがあり、裏手には中庭へと繋がる巨大なガラス戸が設けられている。

そう、中庭へ転落した女の様子を見るために、慌ててエレベーターに乗って六階から一階へと下りたはずだった。

ところが、到着した先は六階と変わらない景色だった。

つまりエレベーターが二階から五階までのどこかで止まってドアが開いたので、それに釣られて箱から出てしまったようだ。

さすがに操作盤の『1』ボタンを押し間違えることはない。

降下途中に住人が呼び出しボタンを押したのだろう。

しかし周辺で待っている人はいない。

――誰かが押し間違えたあとに立ち去ったのか？

――エレベーター自体が故障したのか？

——子供の悪戯（いたずら）か？
それは分からないが、この緊急事態に間の悪いことが重なったのは確かだ。
ともあれ、考えても仕方がないので、振り返って再びエレベーターのほうを向いた。
ドア横の壁面には『６Ｆ』という銀色の文字プレートが掲示されていた。

——六階？

一体、何がどうなっているのか。
六階でエレベーターに乗って、降下した先の階が、六階のままだった。
『狐（きつね）に摘（つま）まれたような』という言い回しがある。
なぜ狐が、何をどうやって摘むのか。
だが、ちっともわけが分からないという意味では、よくできた表現だ。
たぶんそんな顔をしているに違いない。
要するに、呆気（あっけ）に取られる事態だった。
もう一度、振り返って廊下に目を向ける。
確かに六階のままだ。

同じような景色でも、階が違えば印象も変わる。

今、見ているのは、帰宅する際にいつも目にしているものに違いない。

左手のドアには『６０１』の部屋番号もある。

何をどう見ても六階だった。

それでも、今までとは何かが変化したように思えてならない。

何も変わらない状況の中で、ただ感覚だけが異を唱え続けている。

ただし、六階から一階へ下りたと思ったら、六階に到着していたという感覚だから、はなはだ信用できたものではなかった。

気が動転すると、こんな不思議なことも起きるのか。

戸惑い、ふらつく足でエレベーターを離れると、ガラス柵の縁に手を掛けて、吹き抜けから中庭を見下ろした。


女が、どこにもいなくなっていた。


すっと、背筋を通り抜けるような寒気を抱く。

捨てられた人形のように倒れていた女が、その場から忽然と姿を消していた。

――そんなことが、あり得るだろうか？

六階以上の高さから地面に転落した女が、わずかな時間に立ち上がって、どこかへ行けるわけがない。

這ったり転がったりして、ここから見えない場所へと移動したのか。

しかし首を捻って角度を変えても、女の影すら見当たらなかった。


――あそこは夜になると出るらしくてな、なかなか借り手が付かないんだ。

幽霊の出るマンションの話を社長から聞いたことがある。

ここではなく、別の物件についての噂話だった。

夜、ベランダの窓から部屋の中を見つめている男、廊下の片隅にしゃがみ込んで泣いている女、階段のどこからか聞こえてくる子どもの笑い声。

賃貸マンションは特に不特定多数の人間が入居と退去を繰り返すせいか、そんな噂が流れることも少なくはなかった。

――オバケが出るからなんとかしろって言われて、お札持って夜通し番したこともあったよ。アホらしい。昨夜は出ませんでしたって報告したら、じゃあ今夜もお願いしますって言われたよ。

社長は現世のことにしか興味がないようだが、入居者にクレームを入れられては対応せざるを得ない場合もある。

単なる気のせいか思い込みだと言っても納得されず苦労するようだ。

また稀に、単なる偶然だろうが、家の入居履歴を調査すると、過去に自殺者が出たと分かって、ぞっとしたこともあるそうだ。


幽霊というのは都合のいい存在だ。

騒音も水漏れも壁のシミも、幽霊の仕業にしてしまえば原因を追及しなくても済む。

きっとあの女もそうだったのだろう。

病院で父に対面して気持ちが荒れていたから、あんな不吉な光景を目撃してしまったのだ。

納得できなくてもそうとしか思えない。

それが幽霊というものだから。

8

いつまで中庭を見下ろしていても女が現れる気配はない。

地面に流れ出たはずの血の痕跡すら見られない。

モップで洗い流したはずもないから、やはり最初からそんなものはなかったのだろう。

倒れた女の輪郭を描くように、降りしきる雨に混じって広がっていた赤い血溜まりが、綺麗さっぱり消えている。


それどころか、中庭には雨が降った跡さえもなくなっていた。


不思議に思って顎を持ち上げて空を見る。

曇天の薄暗さは変わらないが、一滴の雨粒も顔には当たらなかった。

エレベーターに乗る前までは降っていたはずの雨が止んでいる。

先ほどから気になっていた、何かが変化したような違和感の正体はこれだった。

――いつの間に止んだ?

いや、中庭の木々も地面も全く濡れておらず、初めから雨など降っていなかったように見える。

——まさか、あの雨も幽霊の仕業だったというのか？

本当に何が起きているのか、急に不安を覚えて辺りを見回す。

今、目にしているこの世界ですら、現実かどうかも疑わしくなってくる。

それを確認するつもりではなかったが、自然と左手首の腕時計に目を移した。


腕時計の針は、午後三時四五分を示していた。


アナログの文字盤をじっと見つめたまま、動けなくなってしまった。

細長い秒針が一定の間隔で時を刻み続けている。

一秒、一秒、また一秒。

——これは何だ？

消えた女よりも、降らない雨よりも、これが一番不可解に思えた。

なぜなら、さっき一階へ下りようとエレベーターに乗り込んだ時にも、腕時計に目をやっていたからだ。

その時、文字盤は確かに、午後四時過ぎを示していた。

推理小説でも刑事ドラマでも、大抵の終盤には、謎解きのシーンが設けられている。

これまで見せられた舞台や登場人物や物語をヒントに、事件の種明かしをするくだりだ。

読者や視聴者に答えを当てさせる趣向のものもあるが、うまく犯人を当てられたことなど一度もない。

誰にでも分かる展開なら隠す必要もないだろうし、分からないままのほうが真相を明かされた時の驚きと楽しさも大きいだろうと、いつも強がっていた。


吹き抜けにはようやく雨が降り始めていた。

風もなく、音もほとんど響かない静かな雨。

マンションに着く前、バスの車窓から眺めていた雨と全く同じものだった。

その気配を顔の右側に感じながら、視線は未だに左手首の腕時計に留まっている。

小刻みに震えているのは恐怖ではなく、驚きと感動によるものだった。

——まさか……そういうことなのか？

事件に取り組む探偵や刑事のように、疑問が解けて真相に辿り着いた瞬間の喜びに体が打ち震えていた。

エレベーターを降りたら、時間が数十分戻っていたのだ。

これまで過ぎた時間を差し引けば、およそ三〇分間、午後四時から午後三時三〇分まで遡（さかのぼ）ったのだろう。

だから今になってから雨が降り始めて、女もまだ転落する前だから、中庭にも倒れていないのだ。

全てが理屈に適（かな）っている。

女は幽霊ではなく、生身の人間だった。

だが落ちていないので、怪我もしていないはずだ。

被害者も加害者も目撃者も、謎すら存在しない。

誰も全く悔（く）いることなく、見事に事件は解決した。

どうして時間が戻ったのかは、さっぱり分からなかった。

腕時計から目を離すと、廊下を引き返してエレベーターの右脇にある非常階段へ向かう。

緊急時の避難経路も兼ねた、地上一階から二〇階まで繋がる螺旋（らせん）状の外階段だ。

普段使うこともなく、確かこのマンションに転居した際に一度覗いてみた限りだった。

その階段を使って自力で上層階へ駆け上がる。

あの女が、どこかで今から飛び降りようとしているのではないかと思ったからだ。

七階、八階程度の高さではないだろう。

念のために覗いてみたが、誰の姿も見当たらなかった。

九階、一〇階にも異常はない。

そして一一階まで上ったところで疲れてしまった。

この階には六階と同じく転落防止ネットが設置されている。

女はここからネットの中央まで移動して、吹き抜けを落ちたのではないかと疑っていた。

しかしガラス柵に手を突いて辺りを見回すが、誰もいない。

さらに上層階を窺っても人はおらず、飛び降りに臨む女の姿もなかった。

——白昼夢でも見たのだろうか？

他に体験した人もいないので、現実感がひどく乏しい。

今、顔に当たる雨粒は現実。

だが、片手でさらりと撫でた後頭部は濡れていない。倒れていた女を目撃した際に浴びたはずの雨は乾ききっていた。

ふっと、鼻から息を吹いてガラス柵から離れる。

時刻はそろそろ四時になるが、目の前を女が通過する気配はなかった。

そんな不吉な未来は一向にやって来ない。

何が何だか分からないが、事故も自殺も起きないならば、それに越したことはなかった。


――おい、守琉？　今何時だ？　何月何日、何曜日の何時だ？

昔、酒に酔って何度も日時や曜日を尋ねてきた父を思い出す。

その時、父にとっては昨日のことも、明日のように思えていたのだろう。

それに比べると時間が三〇分くらい戻っても大した事態ではない。

たまには時間の流れか、頭の中がおかしくなることもあるだろう。

酔ってはいないはずだが。


再び一一階から六階へ戻ると、廊下を進んで６０９号室の自宅を目指す。

ここから見れば太い柱の陰になっているドアがそうだった。

右ポケットの中で鍵を摘む。

非現実的な事態が終わると、現実的な事態を思い出して気持ちが沈んだ。

どうせなら、三日前まで時間が戻れば良かった。

それなら真っ先に『酔春』へ行って、父から酒を取り上げて、浴びるほど水を飲ませてやれたのに。

いや、いっそ五年前や一〇年前に戻っていれば、もっと深く話し合えたのに。

中途半端な可能性を体験したせいで、かえって大きな失望感が胸を詰まらせる。

三〇分くらい戻ったところで、現状の何かが変わるはずもなかった。


609号室の前でポケットから鍵を取り出すと、ドアノブの上にある鍵穴に差し込む。

ドアはプッシュプル形式という、ノブを引いて開けるもので、鍵はディンプルシリンダー錠という、切り込みではなく無数の凹みがあるタイプだった。

慣れた動作で左に回したが、なぜか音はなく空回りする。

右に回すとガチャリと音を立ててドアは施錠された。

——鍵が、開いていたのか？

もう一度、鍵を左に回す。

同じくガチャリと音を立てて、今度は問題なく解錠された。

ということは、やはり今までドアの鍵は開いていたようだ。

——不用心にも鍵を掛けないまま外出したのか？

——空き巣が鍵をこじ開けて侵入したのか？

家に金目(かねめ)の物はないはずだが、それでも勝手に入られては気味が悪い。

少し焦りつつ、ノブを引いてドアを開けた。


玄関先の廊下には、女の死体が転がっていた。

9

びくりと、体が震えて守琉は息を呑む。

荒らされて物が散乱した部屋を見るか、仕事中の空き巣と鉢合わせになるかと予想していたら、思いも寄らない光景に出くわした。

家は靴を並べた三和土(たたき)のすぐ正面に廊下が伸びている。

その床に、若い女が足をこちらに向けて、仰向けに倒れていた。

水色のカーディガンは乱れて、花柄のロングスカートもわずかに捲(まく)れ上がっている。

少し厚底の青いサンダルも、片方だけが脱げていた。

女は長い髪を頭の周囲に広げている。

やや面長の顔は不自然に赤く腫れ上がり、両目と口を限界まで開いて固まっていた。

そして妙に細長く見える首には、赤紫色の太い筋がくっきりと残っている。

たとえ初めて目にしても、どうすればこんな痛々しい模様がつくかはすぐに分かる。

両手で、首を力一杯、絞めた跡に違いなかった。


物音ひとつしない暗い廊下に、ただ呆然と立ち尽くす。

頭の中はクエスチョンマークで溢れ返り、口は全速力で走ってきたかのように短い呼吸を繰り返していた。

——何だこれは？

——誰だこいつは？

——俺の家で何をしているんだ？

声を上げて尋ねようとは思わない。

女はマネキン人形のように目を開けたまま微動だにせず、胸や腹が呼吸で膨らむ様子もなかったからだ。

死んでいる、しかも首を絞められて、殺されている。

家の廊下で見知らぬ女が、いや……

——さっき落ちた女じゃないか？

廊下を歩いている時、吹き抜けを振り向いた瞬間に見た、逆さまになった女の顔。

脳裏に焼きついたその表情は、今死んでいる女によく似ていた。

服装も、女が中庭で倒れていた際に目にしたものとそっくりだ。

さっき上層階から転落した、いや、転落しなかった女が、代わりに家の廊下で死んでいた。

どんなに恐ろしい状況でも、変化がなければ目も慣れてくる。

吐く息はまだ小刻みに震えているが、次第に気持ちも落ち着きを取り戻してきた。

——この女、どうしてこんなところで死んでいるんだ？

今にも悲鳴を上げそうな女の顔を、じっと観察する。

歳は近いようだが、知人や友人、職場の社員、かつての同級生や、どこかで見かけた者たちを思い返しても、全く見覚えはなかった。

力なく投げ出した左手の先には、小振りのストローバッグが落ちている。

確か中庭で倒れていた女の側にも、似たような物が落ちていた。

やはり二人の女は同一人物だ。

さらにバッグの近くには、何やら皺くちゃになった紙片が落ちている。

葉書よりも一回り小さく、テープか何かで繋ぎ合わせたような跡が見えた。

近付いて拾い上げてみると、一枚の写真だと分かった。


写真には、守琉自身の姿が写っていた。


場所は実家の近くにあるコンビニの駐車場らしい。

高校の制服を着ているので数年前の姿だった。

うつむき加減の顔はカメラのほうを向いておらず、右手も歩き始めのように体の横でぶれている。

こんな写真を撮影された記憶もないので、隠し撮りされたものに違いなかった。


裏返すと、白い面にボールペンで文字が書かれている。

『市岡守琉』という氏名と、このマンションの６０９号室の住所だった。

女が書きそうな文字ではない。

全体的に角張っており、直線部分が不自然なほど乱れていた。

——親父の字か？

直感的にそう気づいた。

父の書く文字は数回ほどしか見ていないが、癖が強く決して上手ではなかった。

おまけにアルコール依存症のせいか、いつも手が震えていたのも覚えていた。

この見知らぬ女が、なぜこんな写真を持っていたのか。

さらに奇妙なことに、写真は一旦破いたあとに、透明なテープで修復した跡が残っていた。

誰が破いて、誰が直したのか。事情は見当もつかなかった。

10

マンションの外から救急車のサイレンが聞こえてくる。

確か女が転落した直後も耳にした覚えがあった。

もちろん家の中で死んでいる女を迎えに来たわけではなく、サイレンはそのまま遠ざかっていく。

遡った時間が追いついて、同じ出来事が繰り返されているのだ。


分からないことだらけの事態が起きている。

だが現実的な問題として、家の廊下で女が殺されているのは疑いようもなかった。

ならば、取るべき行動はひとつしかない。

救急車を、いや、警察を呼ばなければいけないだろう。

そう一人でうなずくと、ポケットからスマートフォンを取り出した。

結局、何もかも同じ状況になっていた。

中庭だろうが家の廊下だろうが、女が死んでいることに変わりなく、それを発見したことにも変わりなかった。

悲惨な現実、なぜ女は死ななければならないのか。

なぜ何度も、それを見つけなければならないのか。


――それとも、もう一回、時間が戻れば助けられるのだろうか？


ふと、おかしな考えが頭をよぎる。

眼下の死体と比べると、あまりにも空想めいた思いだった。

この状況は疑いようもなく本物だ。

狐に頬を抓られるまでもなく、はっきりと覚醒した状態で見下ろしている。

では、さっきまで起きていたことは夢か幻か、錯覚だったのか。

そんなはずがない。

いつの間にか噴き出した汗が頬を伝う。

胸の奥で心音が再び強く打ち始めた。

右手を持ち上げて、古い写真と女を交互に見比べる。

――この女は誰なのか？

――なぜここにいるのか？

――どうして死んでいるのか？

何も分からないが、ひとつだけ確かなことがある。

――彼女は、俺と会うためにここへ来たんだ。

スマートフォンと写真をズボンのポケットにしまうと、覚悟を決めてドアを開け廊下へと出る。

腕時計の針は午後四時を過ぎていた。

――俺は、何をしようとしているんだ？

築二四年のマンションのエレベーターが、タイムマシンに変わるなど聞いたこともない。

オーナーからも社長からも、そんな改造をしたという報告も受けていない。

そもそもエレベーターとして機能していない。

会社は幽霊の相談も請け負うが、そんなクレームまでは対応できないだろう。

早足で廊下を歩きながら、頭の中でつぶやき続ける。

だが、もう一回試すくらい手間ではない。

ちゃんと一階へと降りられるかどうかを確認するだけだ。

そのあとで警察に通報しても遅くはない。

試してみたが無駄だったと、自分を納得させたかった。


エレベーターまで引き返すと、そのままの勢いで箱に乗り込み『1』のボタンを押す。

ドアが閉まって降下が始まる。

注意深く様子を窺っていても、普段と変わらない動作だった。

時間のワープや景色の逆回しが起きる気配もない。

当然だろう、これが現実なのだから。

どすんっと壁にもたれて深く溜息をつく。

体の力が抜けると、自分が思った以上に期待していたことに気がついた。

11

『もしもし、香苗？　お母さんだけど。どうしてすぐ電話に出ないの？　あなた今、どこにいるの？』

通話ボタンをタップするなり、水尾香苗の耳に聞き慣れた声が届く。

矢継ぎ早な口調に、母の苛立ちが感じられた。

春の訪れにはまだ早い、冷たく乾いた三月の夕暮れ。

短大の敷地にある枯れた芝生の広場で、香苗はスマートフォンを手に佇んでいた。

『お母さん、さっき買い物から帰って来たんだけど、まだ家が閉まっているじゃない。香苗、今日は講義が少ないから三時過ぎには帰って来るんじゃなかったの？』

「……まだ短大にいるから」

『ええ？　何て言ったの？』

「まだ、短大にいる」

香苗はつぶやくように返答する。

風の音に掻き消されそうなほど力のない声だった。

『短大？　何かあったの？　何で帰って来ないの？』

「友達と会っていたから。それで、今からみんなでご飯に行こうかって話していたんだけど」

『え？　ダメよ。今日はうちで食べるのよ』

「でも、もう約束しちゃったから」

『じゃあ断りなさい。別に無理して付き合うことなんてないでしょ』

母は何が問題あるのかという口調でそう言った。

香苗の視線の先には、ベンチで嬌声を上げる女友達の姿が見える。

日没とともに、その光景が急速に暗みを増していった。

『あのね、お母さんも今日はお休みだし、お父さんもそのうち帰ってくるのよ。一緒にご飯が食べられる日くらい、ちゃんと帰って来なさい』

「でも……」

『香苗、最近帰りが遅いでしょ？　一体どうしたの？　門限なんてないけど、今までお母さんが家にいなくても、ちゃんとしていたじゃない。そうよ、あなたは何の心配もいらない子だと思っているのよ』

畳みかけるように母の言葉が続く。

その焦るような口調に、香苗は目を閉じて唇を噛んだ。

『ねぇ、なんで黙っているの？　どうしたの香苗』

「なんでもないよ」

『もしかして、家に帰りたくないとか言うの？』

「そんなことないけど……でも、私、別にいなくてもいいんじゃない？」

『ええ？　あっははは！　ちょっと香苗、何を言ってるのよ』

突然、母は笑い声を上げる。

含み笑いではなく、大口を開けたのが分かる哄笑（こうしょう）だった。

『何をバカなこと言ってんの？　おっかしぃ。いなくてもいいって、家出でもするの？　お母さんにそんなコントしても乗ってあげないよ？』

「そうじゃないよ。お母さんは、もう私に構わなくてもいいんだよ。お父さんも帰って来るんだから、二人で過ごせばいいじゃない」

『はいはい。分かった分かった、分かりました。でもあなた、もう一九歳でしょ。反抗期になるにはちょっと遅いんじゃない？　あはは、だって不良の子だってそろそろ落ち着いてくる年頃よ。ましてや短大生になってまで……』

「お母さん！」

香苗は声を上げる。スマートフォンを持つ右手に力が入る。

母は、何よ、と返して言葉を止める。

しかし香苗がそれ以上何も言わないでいると、派手に溜息の音を立てた。

『あのねぇ香苗、何を変なことを言っているの？　お母さんの何が気に入らないの？　それとも学校で何かあったの？　あなたが一生懸命勉強するって言うから入れてあげたのに、何を悩んでいるのよ』

「何も悩んでいないよ、でも……」

『お父さんも心配していたわよ。香苗が最近冷たいんだよって。あはは、それは冗談だけど。でも私たちから離れようとしているんじゃないかって。どう、図星でしょ？』

「お父さんは……」

『分かっているわよ。香苗はそれが嫌なんでしょ？　構わないで欲しいんでしょ？　でもね、あなたも大人なんだから、お父さんの気持ちも分かってちょうだい。いつも本当に心配しているのよ。あなたはそれだけ大切に思われているのよ』

母は厳しい口調で言葉を続ける。

香苗はその場で軽く地面を踏みしめる。

昼過ぎまで降っていた雨のせいで、芝生がじゅくりと気持ち悪い音を立てた。

『大体、あなたを遊ばせるために短大に入れたんじゃないのよ。誰のお陰で学校へ行けているると思っているの？　お父さんが実家の畑を一つ売ってくれたからじゃない』

「それは前に聞いたよ。だから凄く感謝しているし」

『感謝しているなら態度で示しなさい。早く帰って一緒にご飯を食べて、お父さんを安心させるのが香苗の役目でしょ』

「だけど、いつも付き合っているじゃない。ちょっと帰りが遅くなるだけなのに、心配とか安心とか、大袈裟だと思うよ」

『そんなこと言っているから、ストーカーに狙われるんでしょ！』

母の言葉に香苗の表情が固まる。

声を上げる代わりにスマートフォンを強く握り締めた。

「……聞いたの？　お父さんから」

『お母さんには黙っているつもりだったんでしょ？　どうしてそんなことするの？』

「違うよ、黙っていたんじゃない。だってそんなの、全然大したことじゃないから」

『大したことないって、じゃあ、どうしてお父さんには相談したのよ！』

「それは……前にたまたま帰り道で会ったから」

『お母さんとも毎日家で会っているでしょ？　どうして話してくれないのよ』

「言ったらまた心配かけると思って」

『心配するに決まっているでしょ！　この間だって、洗濯物の下着が盗まれたって言ってたのに』

「それって去年の話でしょ。それに盗まれたんじゃなくて、ベランダに干してあったのが風で飛ばされたんだよ」

『何言ってるの？　あなたとお父さんはそう言ってたけど、私は全然納得できなかったわ』

母は吐き捨てるように言う。

細い眉を寄せて、うんざりしたような顔が香苗の目に浮かんだ。

『風だなんて、他は無事だったのに、あなたの下着だけが飛ばされるはずないでしょ。それに探してもどこにも見つからなかったじゃない。誰かがベランダに侵入して盗んだのよ』

「だけど、それからは何もないじゃない。その話はもういいよ」

『良くないわよ！　そいつがストーカーをしているのよ！　どうしてそれが分からないの？』

「まさか、そんなことないよ」

『あなたは狙われているのよ！　それなのに私に何の相談もしないで……』

ふいに母は声を詰まらせる。

『……そんな大事なことを。私に隠しごとなんて、したことなかったのに』

「お母さん？」

『ねぇ、どうしてなの？　どうして、あなたまで私を裏切るような真似をするのよ』

冷え始めた夜風が正面から通り抜けた。

髪が後ろに流れて顔が露わになる。

香苗は唇を噛み苦悶の表情を浮かべていた。

『分かってる、お母さんみんな分かってるのよ。ごめんね、香苗。みんなお母さんが悪いんだよね。私のせいであなたを困らせて、寂しい思いをさせているんだよね』

「ちょっと待って、お母さん……」

『お母さんが、いつまで経っても馬鹿で不器用なのがいけないのよ。だからいつも失敗ばかりして、うまくいかないのよ。だけど、どうにもならないの』

「お母さん、落ち着いて」

『ごめんね、香苗……もっと遊んであげたいのに、料理も作ってあげたいのに、時間もなくて、お金もなくて。ううん、そんなの言い訳だよね。本当は、あなたに構いたくなかっただけなのよ』

母の涙声が呪詛のように耳元で流れ続ける。

『そうよ、お母さん、香苗が邪魔だなって思ったこともあったのよ。だって世話をしなくちゃいけないし、学校にも入れなきゃいけないもの。それに香苗もじっとしていなくて、いつも勝手にあちこち動き回って、勝手に危ない目にも遭って。私、面倒臭くてたまらなかったの。おかしいわよね。普通のお母さんならそんなこと思わないのにね。だけど私には分からないの。私って母親失格なのよ……』

「お母さん、大丈夫だよ。泣かないで」

香苗は焦りを隠して上擦った声で返す。

寒さに耐えかねてその場にしゃがみ込んだ。

「ねぇ、そんな昔のこと思い出さないで。私、お母さんが悪いなんて思ったこと一度もないよ。だって苦労かけているのは私のほうだもん。大変なのは分かっているのに、わがままばかり言って。家計が苦しいのに短大にも入れてもらって。本当に感謝しているよ」

『許してね、香苗。ダメなお母さんを怨まないでね』

「全然、怨んでなんかいないよ。だから自分を責めないで。お母さんはそのままでいいんだよ」

『お母さん、誰よりも香苗を大切に思っているのよ。あなたには幸せになって欲しいの。あなたのためなら何でもするのよ。だから、私を嫌わないで。そんな酷いことしないで』

「うん。分かっているよ。ストーカーのことも言わなくてごめんね。私もお母さんを大切に思っているよ」

『お願い、香苗。私には、あなただけなのよ。ずっと一緒にいて。私から離れようとしないで』

「……心配しないで、お母さん。私はここにいるよ。離れたりなんてしないよ」

香苗は顔を曇らせたまま優しい声で説得する。

「わがまま言ってごめんね。すぐに帰るよ。ほら、お父さんも帰って来るんでしょ？　もうすぐ三人一緒になるよ。だから泣いてちゃダメだよ。大丈夫、ずっと一緒だから。ね？」

電話の向こうの母は鼻をすすりながら、うん、うんと何度も繰り返していた。


電話を終えると、香苗はスマートフォンを額に押しつける。

大きく溜息をついて、息が止まっても、見えない何かを吐き出し続けた。

いつの間にか日は完全に沈み、辺りはどこも暗闇に包まれている。

しばらくそのまま、石のように留まって体を冷やしていたが、やがて顔を起こして腰を持ち上げた。

そしてスマートフォンをバッグにしまうと、遠くで影絵のように立つ女友達の元へと歩き始めた。

雨に濡れた人工芝は、踏みしめる度に泥沼のように沈む。

香苗の顔は夜の闇を映したように黒く染まり、瞳からも一切の光が失われていた。

12

常識とは、知識と経験によって作られるものであり、多くの人はその基軸に従って日常生活を送っている。

たとえば、万有引力の法則など知らなくても、リンゴが木から落ちるのは当然であり、宇宙へ行ったことがなくても、地球が丸いのは当然だ。

疑い出せばきりがなく、悩んでいるほど暇ではなく、考えられるほど賢くもない。

だから、そういうもの、と認識するだけで充分だろう。

では、それらの事実が本当は違っていたとしたらどうだろうか。

リンゴが宙を舞い、地球は三頭の大きな象が支える半円球の器で、エレベーターで時間が戻るのが真実だとしたら、どうするだろうか？

それでも、たぶん何も変わらないだろう。

やっぱり、考えたところで仕方がないことだから。

ありのまま受け入れて、そういうもの、と認識し直すだけだ。

法則や機構など知る必要はない。

自分たちの認識を改めれば充分だと思うだろう。

そして今後は、その新事実の下で、それぞれの行動を始める。

人の常識など所詮(しょせん)はその程度のものだ。


市岡守琉は、次にエレベーターのドアが開いたあとも、箱の中で立ち尽くしたまま出ようとはしなかった。

目の前には左右に分かれた廊下。

その先には、何度も見た吹き抜けの景色が広がっていたからだ。

——一階じゃない……

ごくんっ、と巨大な動物が喉を鳴らすような音を立てて、エレベーターのドアが閉まり始める。

慌てて『開』のボタンを押してドアを引き戻すと、箱から大きく一歩踏み出して振り返る。

同時に左手の腕時計に目を落とした。

午後三時三〇分、マンションの六階に、再び戻っていた。


もう間違いない。

今、エレベーターに乗って、時間を三〇分戻したのだ。

目が眩むような狼狽に堪えて、足下を確かめるように軽く床を踏みしめる。

体の横で垂れ下がる両手の拳を握り締めて震えをごまかした。

——どうして、こんなことが起きるんだ?

考えて分かるものではない。

そもそもエレベーター自体も、どういう仕組みで動くのかよく分かっていないのだ。

箱を上から吊り下げて、滑車と電動モーターで動かしているのだろうが、きっとそんな単純な装置ではないはずだ。

エスカレーターもそうだ、電車もそうだ、機械のことなど何も知らない。

それでも毎日、何の疑問も抱かずに、何不自由なく利用している。

だから今も、ただ現実を受け入れて行動を起こすしかなかった。

廊下を進んでガラス柵に手を突いて、吹き抜けを見渡す。
雨は、まだ降っていない。
下の中庭にも、例の彼女の姿はない。
それだけ確認すると体を戻して、早足で自宅へと向かった。
歩くにつれて緊張感が加速してゆく。
しかし、ここでためらっていては、同じことの繰り返しになる。
６０９号室へと辿り着くと、間を空けることなくドアノブを捻って手前に引いた。

ドアは鍵がかかって開かなかった。

同じ動作を数回繰り返したが、ドアが開く様子はない。
改めて、ポケットから鍵を取り出して鍵穴に差し込む。
左に回すとガチャリと音が鳴って解錠した。
――状況が変わっている。
先ほどは、鍵を開ける前からドアが開いていた。
右手でドアノブを掴んだまま、やや腰を落として左手で拳を握る。
何が飛び出してきても驚かない心構えができると、息を止めて一気にドアを開いて乗り込んだ。

薄暗い廊下は普段と変わらず、そこには誰の姿もなかった。
耳を澄ませても、家の奥からは何の音も聞こえてこない。
誰かがどこかに潜んでいる気配も感じなかった。
マンションへと帰って来て、閉まっていたドアの鍵を開けて、誰もいない家へと入る。
何もおかしくはない、普段通りの帰宅。
でも、もうそれで納得できるはずがない。
これから、何かが起きるに違いなかった。

もう一度、ドアを開けて廊下へと出る。
周囲にも吹き抜けにも、彼女はおろか人の姿は見えない。
そのままドアストッパーを置いて、開けっ放しにして家の中を振り返る。
突然、彼女の死体が現れたら驚くだろうが、幸いにもそんなことは起きていなかった。
今から三〇分後の、つい先ほど、彼女はこの場所で、仰向けになって死んでいた。
それだけではない、首を絞められて殺されていた。

しかも勝手に家の鍵を開けて、中に入って襲われていた。

鍵を掛け忘れたわけではないことは、たった今確認できた。

賃貸マンションの場合、前の家主が退去すると鍵を作り替えて、次の入居者に渡すことになっている。

自宅の鍵は今持っている一本と、マンションを管理している勤務先の会社が、マスターキーとして金庫に保管している一本しか存在しない。

紛失しては困るので合鍵を作ろうと思っていたが、まだ実行していなかった。

一本しか持っていないから、父や他の誰かに渡すこともあり得なかった。

――誰かが、合鍵を持っているのか？

家人の窺い知らぬところで鍵が開けられたとなると、無断で合鍵を作成されたか、特殊な工具を使ってこじ開けられたと想像できる。

鍵に凹みを付けたディンプルシリンダー錠は、従来からある、切り込みを付けたディスクシリンダー錠と比べると防犯性は高いが、それでもピッキングの被害に遭わないとは限らない。

そもそも鍵穴のあるシリンダータイプの錠前には技術的な限界があり、カギ屋と泥棒との鼬ごっこが続いていた。

それで近年は、安価になりつつあるカードキーや指紋認証などの電子ロックを取り入れる家屋が多くなっていた。

職業柄そんな知識も持っていたが、一人暮らしの気楽さもあって、自宅の防犯には無頓着（むとんちゃく）だった。

平日は朝から夜まで仕事に出て家に戻ることはない。

マンションは家族世帯が多いが、それでも廊下に人が途絶（とだ）える時間は存在する。

現に、今も見える範囲では誰も近くにいなかった。

そして、どんな鍵でも時間をかければ開かないものはない。

解錠の技術は、インターネットで調べればいくらでも手に入る時代だった。

――彼女もそうして鍵を開けて自宅に侵入したのだろうか？

いや、そうとは限らない。

彼女は何者かに殺されていたのだ。

――鍵を開けたのは彼女自身か？

――それとも彼女を殺した何者なのか？

――その何者とは誰なのか？

心当たりなどあるはずもなかった。

13

首を絞められ、苦悶の表情を浮かべた彼女の姿が頭に浮かんで、寒気を覚える。

それと同時に、思い出したことがあって、ズボンのポケットを探った。

――写真がない？

彼女の側に落ちていた、隠し撮りされた写真だ。

立ち去る前にスマートフォンと一緒にポケットへ突っ込んだはずだが、今はそれだけが入っていない。

足下の周辺を見回しても、歩いてきた廊下に目を向けても、あの破れて補修（ほしゅう）された紙切れは、どこにも落ちていなかった。

偶然に、あの写真だけを無くしてしまうのも考えにくい。

もしかすると、時間が戻ったから消失したのだろうか。

今の時間は彼女が写真を所持しているはずなので、確かにこちらの手元にあっては辻（つじ）

棲(つま)が合わない。
だからエレベーターで時間が戻る瞬間に、彼女の元へと戻ったのか。
そう判断するのが正しいように思えた。

幸いにも、写真そのものは失っても、見たという事実はしっかりと記憶に残っている。
写っていた内容も、そこから抱いた疑問も忘れてはいなかった。
高校生の頃の姿を隠し撮りした、あの写真。
撮影者は、たぶん父だろう。
父は携帯電話もデジタルカメラも持っていない。
古いフィルムカメラかインスタントカメラで撮影して、わざわざ紙に現像するという
行動が、いかにもそう思わせた。

なぜ父が、息子の写真を盗撮したのか。
知られたくない事情があったのか。
いや、たぶんそれ以前の問題だ。
思い返すと、あの頃から父とはまともに会話をした覚えがない。
気軽に話ができる雰囲気ではなかった。

そして、写真を撮らせて欲しいと頼まれたところで、理由も聞かずに拒否しただろう。

だから父は、こっそり撮るしかなかったのだ。


その写真を、なぜか見知らぬ彼女が手に入れていた。

しかも裏面には氏名と、今の住所まで書き込まれていた。

このマンションに移ったのは、高校を卒業して会社に就職したあとだ。

つまり、写真の表と裏とで数年の隔たりがあった。

さらに、写真はなぜか一度破れたあとに修復した跡があった。

勝手に撮られた写真とはいえ、自分の体が切り裂かれるのはいい気がしない。

『呪いの藁人形』など信じてはいないが、怒りや恨みといった負の感情がなければ他人の写真など破かないだろう。

ただ、そのあとにテープで貼り合わされていたのが分からない。

誰かが破いて、別の誰かがわざわざ直したのか。

怒りに任せて一人で破いて、そのあとに謝りながら一人でせっせと直していたとしたら、それはそれで気味が悪かった。


午後三時四五分、吹き抜けに雨が降り始めた。

中庭と家の廊下を見比べるように目を走らせるが、一向に何かが起きる気配はない。

そうしながらも色々と想像を働かせるが、彼女が殺される理由は見当もつかなかった。


ただ一つ分かったのは、父が関係していることだ。

彼女をこのマンションへ呼んだのは父に違いない。

——何のために？

——誰かに殺されるために？

それはないだろう。

信頼などしていないが、今の父にそんな行動を取る知恵も力もあるとは思えなかった。

時間の経過に焦りを覚えつつ、病床の父を思い浮かべる。

いつの間にか痩せ衰えて、辛うじて命を繋ぎ止めているようにしか見えなかった。

今から病院へと戻る時間はない。

電話をかけて問い質すこともできない。

——なんのつもりだ、親父。

薄暗い部屋の壁に向かってつぶやく。

理不尽な状況に追い込んだ父への怒りと、その理由を想像できない自身の鈍さに苛立っていた。

14

市岡守琉は、ずっと父と二人暮らしだった。
屋根瓦（やねがわら）の青い二階建てアパートの一階。
玄関から台所と六畳二間が縦に並ぶ小さな家に住んでいた。

小学生の頃までは手前の部屋を居間、奥の部屋を寝室としていたが、中学生になると手前の部屋を父が、奥の部屋を守琉が使うようになった。
白く色褪（いろあ）せた畳、そこに付いた煙草の焦（こ）げ跡、紐（ひも）を引っ張るタイプの蛍光灯、折りたたみ式の小さなテーブル、画質の悪いブラウン管テレビ、大きい割に収納容量が小さいタンス、薄い割に重い布団（ふとん）、洗濯機は外に設置されていた。

賃貸契約のアパートだが、それ以前の住居は知らない。

どこから引っ越してきて、いつから住んでいるのか、父から聞かされたこともなかった。

幼い頃は手の届く周囲のみが世界の全てなので、特に気にすることもなかった。

大きくなって他の家を知ると、少し普通ではないと気づくようになった。

だがそれで何が変わるわけでもなかった。


父が何の仕事をしていたのかも知らなかった。

家は狭いが、日々の生活に窮することはなかったので、何かで稼いでいたのだろう。

スーツや作業着を着て毎朝出勤する仕事ではない。

常にシャツとジーンズなど普段着のまま、昼前から出かけては夜遅くに帰ってきた。

そして大抵、酒の匂いをさせていた。


そんな環境なので物心のつく頃から保育園に預けられ、幼稚園で過ごし、小学校では放課後児童クラブに入っていた。

遊び相手はその中の友達か、アパートの隣にある家に住む、同じ歳の男子が多かった。

彼の家は二階建ての一軒家で、広く綺麗な部屋がいくつもあった。

両親と三つ下の弟がおり、玩具やゲーム機もちゃんと二台ずつあった。

一時期は小学校が終わると、帰宅もせずに彼の家に上がり込んで遊んでいた。

彼の両親からも疎まれることなく、夕食まで一緒にいただくことも少なくなかった。

その後、何かの仕事を終えた父が迎えに来て家に連れ戻されるのが定番だった。

——悪いな、いつも守琉と遊んでくれて。飯まで食わしてもらったのか？　ありがとう、本当に助かるよ。

父は頭を掻きつつ無邪気な笑顔を見せて、大袈裟に礼を述べていた。

隣の一家が寛大で親切だったのは言うまでもないが、父も人に好かれる才能があったと思う。

強面の割に陽気で愛嬌があったからだろうか。

よく言えば開けっぴろげで、悪く言えば単純で素直な性格に見えるからだろうか。

いい人なんだけどねぇ、という感想を近所の人たちからよく耳にしていた。

あるいはそれが、父子家庭の危うさを見逃された原因だったのかもしれない。

外での愛想の良さとは打って変わって、家での父は仏頂面でほとんど口を開かなかった。

仕事のない日は昼間から酒を飲み、テレビでドラマやバラエティ番組などを、笑うこともなくじっと見つめていた。

守琉と遊ぶこともなければ、関心を払う素振りも見せない。

そうかと思うと、いきなり叱り飛ばしたり、あるいは逆に優しく可愛がったりもしてきた。


大抵の子どもは、大人と比べて理解力に乏しい。

しかしそれは無頓着なのではなく、理解できるほど世の中に慣れていないからだ。

だから、考えても分からない時は、大人がそうなる時と同じように、苦しみ悩むことになる。

叱られる時も可愛がられる時も、理由を伝えられなければ戸惑うしかない。

ましてや酔っぱらいの気まぐれなど知る由もなかった。


小学一年生の秋に高所から落ちて大怪我をした。

場所は近所の公園で、ジャングルジムから飛び降りようとして失敗した。

打ちどころが悪かったのだろう。左膝の下辺りが裂けて血が溢れ出していた。

——何やってんだ！　馬鹿野郎！

その時、駆け付けた父からいきなり怒鳴られた。

見たこともないほどの剣幕（けんまく）で、咄嗟（とっさ）に叩かれると思って頭を抱えた。

――ガキの癖（くせ）に無茶しやがって。

――頭から落ちていたらどうするんだ。

――浮かれているからこんな目に遭（あ）うんだ。

しゃがみ込んだ我が子を見下ろして、立て続けに罵声（ばせい）を浴びせかけた。


叱られて当然のことだと、今なら分かる。

父の怒りも決して間違いではなかっただろう。

しかし左膝に見たこともない傷を負った小学一年生に、そこまでの理解力はなかった。

足を投げ出して痛みに耐える息子に激怒する父の態度は、あまりにも理不尽に思えた。


結局、救急車で病院へと運ばれて、そのまま麻酔（ますい）を打たれて六針も縫（ぬ）われた。

幸いにも深い傷ではなく後遺症が残ることもなかったが、しばらくは膝を曲げられず不自由を強（し）いられた。

父はいつまでも不機嫌なままで、慰（なぐさ）めの言葉一つもくれなかった。

反省させるために冷たくあしらっていたのなら、やはり間違ったしつけ方だったと思う。

悪いことをしたという自戒の念よりも、父は助けてくれないという諦念しか残らなかった。

そして当時の話は父子間で禁句になった。

子どもの頃の記憶は断片的で、強く印象に残ったことだけが深く脳裏に刻み込まれる。

どうしてそんな危険な行動に出たのか、なぜ偶然にも父が近くにいたのか、それからどういう出来事があったのか、今はもう何も思い出せない。

ただ、真っ赤に染まった左膝と、ハンマーで釘を打たれたかのような痛み。

顔をしかめて怒る父と、麻酔の効いた足に、針と糸が皮膚を通る嫌な感覚。

それらの強烈な印象だけがいつまでも消えずに残った。

病院の匂いが嫌いになったのも、そのせいかもしれない。

公園のジャングルジムに近づかなくなったのは、明らかにそのせいだろう。

忘れたくても忘れられない思い出になった。

15

そんなことがあっても、当時はまだ良好な父子関係にあった。

父に過剰な期待を寄せず、叶えてもらえそうにない願いは口にしないようにした。

父も保護者として最低限の責務は果たしており、時折冗談を言って笑わせようとする余裕もあった。


その関係が次第に崩れてきたのは、小学生の高学年になった辺りからだった。

原因はもちろん父にある。

あまり仕事へ行かなくなり、家や外で酒を飲む日が多くなってきた。

仕事が減ったから酒量が増えたのか、酒量が増えたから仕事が減ったのかは分からない。

しかし、どちらも悪いほうへと傾いてしまった。

それとともに父の感情も荒れ始め、性格と行動は以前よりも支離滅裂（しりめつれつ）になっていった。

いつもわけの分からない理由で苛立ち、何かに怒って、その矛先が守琉に向くと手が出るようになった。

しつけではなく、明かな暴力だった。

中学校へ通う頃になると、父の乱暴はさらに激しくなった。

酒がないと言っては殴り、飯がないと言っては蹴られた。

刃向かうとさらに強く押さえ込まれ、謝ると反省が足りないと首を絞められた。

だから、ただ黙って嵐が通り過ぎるのを待つしかなかった。

顔には生傷が増えて、体には痣(あざ)が絶えなかった。

その頃には教師や近所の人たちからも心配されるようになったが、余計な話をするとまた父に叱られる気がして、助けは求められなかった。

そしてさらに問題が大きくなると、父は決まって素面(しらふ)に戻り、周囲にも守琉にもひたすら謝ってきた。

——すまない、ついカッとなって手が出てしまった。

——父親なのに、全く情けない、全面的に俺が悪いんだ。

——皆さんもお騒がせして申しわけない。

——もう二度と息子には手を出さないから、今回だけは、どうか勘弁してください。

少しでも暴力の事実を隠そうとしたり、開き直った態度を見せたりすれば、皆も黙ってはいなかっただろう。

しかし大の男が眉を下げて目に涙を浮かべて、鼻をすすり身を縮めて謝るのだから、誰も何も言えなくなった。

そういう時にも外面の良さが現れていたのだ。

今後は気をつけてくださいという注意だけで、いつも済まされていた。


たぶん、父の言葉に嘘はなかっただろう。

それほど狡猾な性格でないのは、子どもでも分かっていた。

本当に自身を情けなく、恥ずかしく感じて、申しわけなく思っていたはずだ。

でもそれを忘れようとまた酒に手を出すので、結局本当に忘れてしまい、また暴力を振るうようになっていた。

どうしようもない。

必要なのは児童相談所ではなく、父親相談所だった。


重苦しく、憂鬱な日々が何年も続いた。

やがて守琉は父を避けて、家を嫌って外で過ごすことが多くなった。

心配されるのが嫌で、隣家へも遊びに行かなくなった。

金もなく、反抗期もなかったので、学校や町の不良グループにも入らなかった。

毎日、図書館で宿題をして、本を読んで過ごした。

お陰で学校の成績は上がったが、現状の解決には何の役にも立たなかった。

そして高校へ通う頃になると、父との関係はさらに悪化していった。

きっかけは、父の身長を追い越していることに気づいた時だと思う。

酒浸り（さけびた）りの父が酷く弱々しく見えて、もう恐くなくなっていた。

喧嘩になっても負けるとは思えず、言い争いでも勝てる自信があった。

何か努力をしたわけではない。

単なる体の成長によって、いつの間にか父を克服してしまった。

だからといって、父にこれまでの恨みを晴らそうとは思わなかった。

ただ、もう逃げる必要がないので家に帰るようになり、気を遣う必要がないので無視するようになった。

父もこちらの体格と態度の変化に気づいており、もう手を出すこともなければ、口を挟むこともなくなった。

六畳二間の家で、無言の二人暮らしが続いた。

高校生活にも慣れてくると、放課後と休日はアルバイトで働くようになった。

勤務先は中華料理店の店員と、スーパーマーケットの商品陳列とレジ係だった。

仕事はきついながらも楽しく、何より社会の一員になれたような気がして嬉しかった。

お陰で学校の成績は下がったが、金銭面ではいくらか楽になった。


日々の食事はスーパーマーケットの安売り品を買うか、賞味期限間近の廃棄品をもらうかで何とかなった。

もちろん父の分も持ち帰っていたが、顔を合わせて食べることはなかった。

洗濯もまとめて行い、まとめて干して、それぞれ分けて畳んだ。

父の世話をしているつもりはなかった。

ただ自分のことは自分で行い、そのついでに父の分も済ませていただけだった。

一枚洗うのも二枚洗うのも、そんなに変わらない。

父は、その程度の存在になっていた。

16

父は相変わらず酒とテレビ漬けの日々だった。

ただ居心地が悪くなったのか、多少は外へも出るようになった。

とはいえ行き先も酒場くらいしかなく、近所の居酒屋の『酔春』か、数箇所ある馴染みの店で過ごしているようだった。

しかし、半年に一度ほど、別のところへも出かけていたらしい。

普段とは違って、一張羅（いっちょうら）の古いスーツを着て、ハンチング帽を被って家を出て行くからだ。

そして帰って来ても酒の匂いを漂わせておらず、その代わりに女の匂いが感じられた。

強い香水ではなく、髪の匂いや体臭でもない、気配のようなものだ。

男所帯では感じることのないものだった。

今さら父の品性を疑う気もなく、行動を怪しむ必要もなかった。

誰に会おうと勝手で、何をしていようと興味はなかった。

世間を知るほど、父がまともな大人でないことはよく分かっており、付き合うべき人間でないと気づいていた。

しかし、それでも父だった。

だから何も問い質そうとはせず、ただ軽蔑（けいべつ）の念を深めるだけだった。

高校を卒業して今の不動産会社に勤めるようになると、さらに前向きになれた。

元から進学は考えておらず、父にも高校にも相談せずに、アルバイト先の店員から紹介された。

業界はいわば大人社会の商売であり、学校で得られる知識とは別のものが要求される。

高卒でも勤まるだろうかと不安を口にすると、社長が俺も高卒じゃ、と笑って答えた。

大企業の一店舗ではなく、町の不動産屋だったことも性に合っていた。

社長は厳しい人だが、頼りがいのある親分肌だった。

――俺に任せとけ、なんて言わないが、ここにいる間は面倒を見る。

――出て行っても困らないくらいは勉強して、仕事を身に付けておけ。

そう言われた時に、この人ならついて行けると確信した。

仕事は失敗続きで、覚えることも山ほどあった。

だが、辞めようと思ったことは今まで一度もなかった。

そして就職してからしばらくあとに、家を出て今のマンションに引っ越すことを決めた。

その際も父に相談することはなく、全てが整ったあとに出る日だけを伝えた。

父はただ、そうか、とだけ返した。

それ以降は、数か月に一回、父とは生活費を渡すためだけに会うようになった。

その際も守琉のほうから実家へと赴き、無言で封筒を手渡した。

父が不在なら、昔から決まっていたタンスの隠し場所に投げ込んでおいた。

養うつもりなどない。ただ、曲がりなりともここまで育てられた分だけの金額は返済しようと思っていた。

とはいえ、こちらの生活もあるので、綿密な計算の上、餓死することのない最低限の金額だけを渡していた。

どう使うかまでは知ったことではない。

父は感謝することもなく、拒否することもなく、ただ大人しく受け取っていた。


守琉にとって父は、最も身近な他人だった。

彼が何を考えて、何をしていたのか。

知ることもなければ、知ろうとすることもなかった。

何も知らないと気づいた時には、もう気軽に話のできる関係ではなくなっていた。

それでも問題なく生きられる環境ができあがっていた。

しかし永遠に続く日常など存在しない。

謎は解明されたのではなく、先送りにされただけだった。

時限爆弾のように、あるいは父を襲った肝硬変のように。

いつかは破綻を来す日が来ると、たぶんお互い知っていただろう。

それでも話し合おうとはしなかった。

未来に後悔すると知りながら、現在を逃げ続けてきた。

そして今、その時がやって来た。

17

「私、学校を出たら東京の病院で働こうと思う」

水尾香苗はリビングに顔を見せるなり、思い切ったようにそう告げた。

短大二年生の新学期を迎えた四月の後半。

窓の外は朝から厚い雲に覆われて、今にも雨が降り出しそうな気配を漂わせていた。

「どうしたの？　何の話？」

母はテーブルに置いた卓上式の鏡に向かって化粧を整えながら、ちらりと香苗のほうへと目を向ける。

父はその隣でテレビに向かいつつ、手元でスマートフォンを触っていた。

「東京で働くって、家を出て一人暮らしをするってこと？」

「うん。そのための就職活動をやりたいの」

「いきなり何を言い出すのよ」

「別に今思いついたんじゃないよ。ずっと考えていたから」

「知らないわよ、そんなの。あなたっていつも黙っているから、何を言っても急に聞こえるのねぇ」

母はチークを塗りつつ歌うような声で返す。

香苗はリビングに立ったまま、手際の良い彼女の所作を見続けていた。

「そんな遠いところまで行かなくても、病院なんて地元にも沢山あるじゃない」

「沢山あっても募集しているところがないの。あっても条件が厳しかったり、給料が低かったり。ネットで探しても関東方面ばかり出てくるんだよ」

「そうなの？　でも一人で暮らすなんて大変よ。家のことだってみんな自分でやらきゃいけないのに」

「今だって、家のことは大体私がやっているじゃない」

「それもそっか。香苗が頑張ってくれて、お母さん本当に助かるわ」

母はマスカラを塗りつつ口元だけで笑う。

化粧前より一〇歳は若返った顔立ちに、くっきりとした皺が浮かび上がった。

香苗は母の側に寄ってソファの隣にしゃがむ。

「だからね、お母さん。遠くても就職活動の候補に入れてもいいよね？　まだ決まるわけじゃないんだし、受けるだけでも」

「でも、やっぱりお母さんは心配よ。香苗、この間までストーカーに狙われていたのを忘れたの？」

「あれは……お父さんが捕まえてくれたじゃない」

香苗の言葉に父は顔を上げてうなずいた。

「でも逃がしちゃったんでしょ？」

母は眉を寄せて父を見る
「逃がしたんじゃなくて、解放してやったんだよ。ちゃんと謝ったからね」

「それ、どんな人だったの？　お父さん、あんまり教えてくれなかったけど。どうして私をつけ回すようなことしていたの？」

香苗が尋ねると父は溜息をついて首を振った。

「どんな人も何も、香苗が見た通りの奴だったよ。三〇前くらいの、ぼんやりとした奴だ。ストーカーをした理由もお父さんが思った通りだった。前に街で香苗を見かけて気に入ったらしい。恐がらせたり、危害を加えたりするつもりはなかったそうだ」

「でもその人、その、ベランダに干してあった私の下着も取っていったんでしょ?」

「ああ、そうらしい。家を見つけて、出来心でつい、と言い訳をしていたよ」

「それで許したの? そんな奴、警察に突き出せば良かったのに」

母は鏡に向かって睨む。

父は低い声で呻ると、ようやくスマートフォンをテーブルに置いた。

「何でも警察に任せればいいってもんじゃない。ずっと牢屋に入れてくれるわけでもないし、あまり追い詰めると逆恨みされるかもしれないよ」

「まあ恐い。だけど他人の家のベランダに入るような奴よ」

「もう家には二度と近づかない、香苗にも付きまとわないと誓わせたよ。香苗もそれからはもう見ていないだろ?」

父が尋ねると、香苗は不安げな表情のまま黙ってうなずいた。

「厄介な奴だけど、事を荒立ててどうなるってもんじゃない。お母さんだって店で働いているると分かるだろ?」

「そりゃあ、たまには絡んできて困るお客さんもいたけど……」

「まさか、今も誰かに付きまとわれたりしているのか？」

「さすがに最近はないわよ。お父さんのお陰で仕事も楽になったし」

「それならいい。僕だって、お母さんと香苗のお陰でいつも幸せだよ」

父はそう言って自分で笑う。

母も、何を言っているのよと照れた風に微笑んだ。

香苗は表情を変えずに、話を戻そうと口を開いた。

「私もお父さんのお陰で危ない目に遭わなくなったんだよ。だから……」

「でもな、お父さんも香苗が家を出るのは反対だよ」

父は諭（さと）すような口調で話す。

「悪い奴は一人じゃないんだ。家を出るなんて、また次に何かあったらどうするんだ？お父さんも側にいないんだよ」

「でも、そんなの何度も起きることじゃないと思う」

「起きてしまってからじゃ遅いんだよ。仕事なんていくらでもある。給料が低くても家から通えるところにすればいい。お金のことなら心配しなくてもいいよ」

「それはそうだけど……」

「香苗は一人暮らしに憧れているだけでしょ？」

母が分かっているとばかりに指摘する。

「雑誌とか見ていると、そういうの凄く楽しそうに見えてくるのよね」

「ううん、私そんなつもりじゃなくて」

「香苗は一人暮らしをしたいんじゃなくて、この家を出たいと思っているんだよ」

父が香苗の代わりに答えた。

「分かるだろ、お母さん。香苗にとってここは居心地があまり良くないんだよ」

「それって……」

「僕たち二人から離れたいんじゃなくて、僕たちを二人きりにさせたいと思ってくれているんだよ。本当に、優しい子だよ」

父は呆然とする母の顔を見つめて話す。

香苗は不穏な空気を察して、慌てて首を振った。

「違う、そうじゃないよ、私は……」

「だから、お父さんは反対しているんだ。僕は香苗を家から追い出したくないんだよ」

「お父さん、私、追い出されるなんて思っていないよ、本当に」

「お母さんはどう思う?」

「……そうね、お父さんの言う通りかもしれないわね」

母は髪を整える手を止めて、暗い表情を見せる。

「私、また香苗を辛い目に遭わせちゃったのね。香苗のためにと思ったのに、それが返って困らせていたなんて……」

「お母さん、違うよ。私、困ってなんかいない。お母さんは悪くないよ」

「そう、お母さんは何も悪くないさ。全部お父さんの責任だよ」

父はさらに香苗の言葉に続ける。

「だから香苗が家を出るというなら、お父さんが代わりに出て行くべきだろう」

「嫌よ！」

「そんなのダメだよ、お父さん！」

母と香苗は同時に声を上げる。

父は二人の顔を交互に見ると、わずかに顔を伏せてうなずいた。

「じゃあ香苗、家を出るなんて言わないで欲しい。お父さんは、家族三人で暮らしたいんだ。お母さんだって、そうだよね？」

「ええ……もちろんそうよ。私も初めからそうしたかったのよ」

母は両腕を伸ばすと、すがりつくように香苗の手首を掴んだ。

「お願い、香苗。この家にいてちょうだい。ここはあなたの家なのよ。今までずっと一緒に暮らしてきたじゃない。あなたは何も遠慮しなくていいのよ」

「お母さん、でもね……」

「それとも、他に家を出たい理由があるのかい？　お金や仕事の他に、一人暮らしをしたい理由でも」

父は追及するような眼差しを向ける。

香苗は思わず息を呑んだが、何も答えずにそのまま静かに息を吐いた。

「ううん、何もないよ」

そうして母の手を握り直すと、不安げな彼女に向かって微笑んだ。

「……そうだね。私、やっぱり家から通えるところで仕事を探すよ。変な話をしてごめんね、お母さん」

「そうよ、香苗はそれが一番よ。あなたは私の娘、家族の一員なんだからね」

母は嬉しそうに答える。

父も満足げにうなずく。

香苗はもう、何も言えなくなっていた。

18

甲高い悲鳴が、市岡守琉の思考を一瞬にして現実へと引き戻した。

——どこで？

油断していたわけではない。

家の中も吹き抜けも、彼女や他の何者かの姿はないかと様子を窺っていた。

廊下の真上も見落としがないように、ガラス柵に背中を預けて、逆さまになってまで監視を続けていた。

何か怪しい動きがあれば必ず目に付くはずだった。

しかし、悲鳴は下の階から聞こえてきた。

続けて、壁や床に何かを打ち付けるような音が断続的に響く。

ばたん、と重いものが落ちる音も聞こえた。

階下を覗き込むと、一階下の右手側で動くものがある。

だが柱の死角となってよく見えない。

やがて悲鳴も物音も途絶え、不審な影すらも視界から消えてしまった。

——なんで、下で襲われるんだ！

頭の中で的外れな文句を叫ぶ。

時間を遡ったというのに、またしても勝手に未来が変わってしまった。

足音を立てて廊下を走り抜け、エレベーターの前まで戻る。

だが箱には入らずに、その右脇にある非常階段を駆け下りた。

エレベーターに乗れば、またおかしなことが起きる不安もあった。

五階の構造も六階と変わらない。

左右に分かれた廊下の左側、５０１号室と５０２号室の間で、彼女がうつ伏せになって倒れていた。

水色のカーディガンと花柄のロングスカート、長い黒髪に細身の体形。

吹き抜けを転落した彼女、家の廊下で死んでいた彼女に間違いなかった。

滑り込むように彼女の元に駆け寄って、肩を掴んで体を起こす。

手の平に生暖かい体温を感じた。

だが彼女の頭に力はなく、ぐらりと上を向く。

顔は眉間に皺(しわ)を寄せて苦悶の表情を浮かべているが、目は閉じたままで呼吸もしていなかった。


腹から鋭利な刃物の柄が突き出していた。

上半身が真っ赤に染まり、おびただしい量の血が床に零れ続けている。

抱きかかえたまま何度も体を揺さぶるが、彼女は微動だにせず、何の反応も示さなかった。

——死んでいる、また彼女を死なせてしまった。

まるで流れ出る血液に沿うかのように、こちらの体からも血の気が引いていく。

冷たい床に膝をついたまま、彼女を横たえさせる。

真っ赤に染まった両手が、滑稽なほど大きく震え続けていた。

時間を戻して生き返らせて、今度こそ助けるつもりだった。

それなのに、またしても間に合わなかった。

自らの失敗を悔やむとともに、思いがけず罪の意識に寒気を覚える。

彼女が誰かも知らない、誰に殺されたのかも知らない。

しかし、何度も殺されてしまうのは、自分が時間を戻したせいに思えてならなかった。


床の上には小さな銀色の板が落ちていた。

見慣れた形状のスマートフォン、だが自分の物ではない。

どうやら自分と同じ機種のスマートフォンが、彼女の下敷きになっていたようだ。

すぐ近くにはピンク色をした手帳型のスマートフォンケースが、乱暴に引き剥がしたように捨てられている。

彼女が助けを求めようとスマートフォンを手にしたところで襲われたのだろうか。

さらに離れたところには例のストローバッグが転がっていた。


手に付いた血をズボンで軽く拭ってスマートフォンを拾い上げる。

これが彼女の持ち物なら、何かしらの情報が得られるはずだ。

誰かに殺害される経緯は分からなくても、名前や彼女自身の電話番号は調べられる。

父との繋がりや、ここへ来た理由も推理できるかもしれない。

しかし、予想通りスマートフォンには画面ロックが掛けられており、中身は一切確認できなかった。

画面ロックは0から9までの数字を四つ選んで解除できる方式だ。

暗証番号としては単純だが、正解の数字など分かるはずもない。

彼女のことなど一切何も知らなかった。


以前に見たインターネットのニュース記事で、スマートフォンの画面ロックでよく使われる暗証番号の調査結果が発表されていた。

重複できる数字四桁の暗証番号の場合、『0000』から『9999』まで実に一万通りもの組み合わせができる。

しかし数百万件のデータを調査した結果、一割以上もの人が『1234』という単純な並びを設定していた。

それに続けて『1111』や『9999』など同じ数字の並びを設定している。

意外な数字としては『2580』も多く、これは入力画面の中央一列をそのままなぞった数字になるからだ。

いずれにしても、日常的に使用するスマートフォンの暗証番号は、簡単な数字の羅列で済ませる人が多い。

またどれだけ複雑な数字を選んでも、プロの手にかかれば四桁一万通り程度では簡単に解除されてしまうので、大したセキュリティにもならないようだ。

そんな話を思い出しつつ、彼女のスマートフォンをタップするが、どの数字を選んでも暗証番号は一向に解除できなかった。

プロでもなければ、それ以上の知識があるわけでもなく、何か特殊な機械を使うこともできない。

電話会社や警察に持ち込めば解除できるかもしれないが、無関係な人間がそれを行うわけにはいかなかった。

マンションの外から救急車のサイレンが聞こえてくる。

何度も耳にした、時間が通り過ぎて行く音だった。

どうしようもないのか。諦めるしかないのか。


その時、いきなり吹き抜けの反対側から男が飛び出した。


柱の向こうから出てきたので、いきなり無人の廊下に姿を現したように見えた。

緑色のキャップを目深（まぶか）に被りマスクを着けて、グレー色の半袖シャツとズボンを穿いている。

普段からよく見かける宅配業者の格好だが、どこか不自然にも思えた。

男はこちらに目を向けることなく、エレベーターの右脇を通って非常階段のほうへと走り去った。

――あいつだ！

彼女のスマートフォンをズボンのポケットに入れると、立ち上がって廊下を引き返した。

何か証拠を見つけたわけではない。

しかし、キャップとマスクで顔が見えなかったことがまず不審に思えた。

さらに男は柱の陰から現れたが、それまで近くの家を訪問して荷物のやり取りをするような声は聞いていない。

また男のほうも廊下にいたのなら、彼女が襲われたことに気づかないはずがなかった。そして手ぶらにもかかわらず、エレベーターを使うことなく非常階段を駆け下りていった。

下の階に配達する荷物がなければ、呼び出しボタンを押してエレベーターの到着を待つのが普通だろう。

しかし、そうなると位置的に自分の姿と彼女の死体が目に入り、無視するわけにはいかなくなる。

だから非常階段での移動を選んだに違いなかった。

非常階段へ出ると既に男の姿はなく、ただ遠くから階段を駆け下りる音だけが響き続けている。

——奴が、彼女を殺した！

彼女を吹き抜けへと突き落とし、家の廊下で首を絞めて、五階で胸と腹に刃物を突き刺したに違いない。

あの男が何者で、彼女とどういう関係があるのかは分からない。

だが、どんな理由があろうとも、殺人が許されるはずがない。

彼女の未来を断っていいはずがない。

何としても捕まえなければならなかった。

階段を一段飛ばし、二段飛ばし、三段飛ばしで下る。
着地の振動が左膝の古傷に響き、氷を当てられたような冷たい刺激が伝わった。
後遺症ではない。
当時の記憶から想起された、偽りの痛みだろう。
そんなことを気にしている場合ではない。
もう一度裂けても構わないとさえ思った。

しかし、一階のエントランスホールに着いても、男には追いつけなかった。
正面玄関からマンションの外へ飛び出したが、もう背中すらも見当たらない。
もしやと思って引き返し、中庭のほうも覗いてみたが、そこにも誰もいなかった。
裏手の駐車場へと回ったのかもしれないが、確証はなく動けない。
まだそんなに遠くへは逃げていないはずだが、間一髪で見失ってしまった。
どこかで息を潜めているのか、足音すらも聞こえなくなっていた。

すると、遠くから長く続く女の悲鳴が聞こえた。

咄嗟に顔を上げて吹き抜けを見る。
助けを求めるような声ではない。
驚き、戸惑うような声だった。
え、何？　嘘でしょ？　という言葉が続いて聞こえる。
ここから声の主は見えない。
しかし五階の住人が、彼女の死体を見つけて声を上げたのは分かった。

19

マンション内では次々とドアの開く音がする。
先ほどの悲鳴を聞きつけたのだろう、吹き抜けに住人たちの声が増え始めていた。
エントランスホールへと戻ると、壁に寄りかかって立ち尽くす。
追跡は終わった。

もう逃げた男を探すこともできそうになかった。


結局、彼女は助けられなかった。

なまじエレベーターに乗って時間を戻せただけに、彼女を死なせてしまい、犯人を取り逃がしてしまった失敗が、後悔となって重く体にのしかかってきた。

しかし、全ては予定通りに過ぎない。

何もしなかった時の未来が、そのまま再びやって来ただけだった。

掴みかけた、未来を変えるための綱は、残酷にも途中で寸断されていたのだ。


血に塗れた両手を強く握り締める。

悔やむことはない、やるだけのことはやった。

こうなることは分かっていた。

初めから、何も変わらずに、彼女の死を見る運命にあったのだろう。

住人たちの話し声がさらに大きくこだまする。

もう誰か警察を呼んだのだろうか。

マンションを管理する会社にも、一報を入れておく必要がある。

社長からはトラブルがあればすぐに連絡しろと言われているからだ。

管理物件に社員を住まわせた理由も、そこにあると自覚していた。

頭をぼんやりとさせたまま、ズボンのポケットからスマートフォンを取り出して、慣れた操作で画面ロックを解除する。

ホーム画面には、見覚えのないアプリが並んでいた。

――何だこれは？　誰のスマホだ？

タッチパネルの液晶画面を眼前に据えたまま、瞬（まばた）きを繰り返す。

考えるまでもない、さっき拾った彼女のスマートフォンだった。

同じ機種を持っていたので、気づかないうちに操作して、画面ロックを解除したらしい。

ということは、分からなかった四桁の暗証番号は、なぜか自分が設定していたものと全く同じ数字だった。

暗証番号は『１０１４』、一〇月一四日は、守琉の誕生日だった。

偶然だろうか、数字に他の意味があるのだろうか。

あるいは、彼女自身が同じ誕生日なのかもしれない。

しかし、やはり可能性としては、彼女が自分の誕生日を知っていたように思えてならなかった。

もしそうだとしたら、教えたのは父だろう。

それを聞いた彼女は、スマートフォンの暗証番号に設定するほど大切に覚えていたのだ。

恋人同士でもないのに、なぜ、それほどまで。

彼女の心境が理解できなかった。


他人のスマートフォンは個人情報の塊(かたまり)だ。

持ち主のプロフィールから交友関係、隠しておきたい趣味やラブレターまで覗くことができる。

ホーム画面に並ぶアプリにも個性や生活スタイルが窺える。

彼女のスマートフォンには、電話、メール、ショートメッセージ、インターネットブラウザのほかには、目覚まし時計や天気予報、地図や電車の乗り換え案内、音楽プレイヤーや流行のゲームがいくつかインストールされていた。

見慣れないものとしては、料理のレシピ集や英会話の問題集、フィットネスや日記帳のアプリがある。

真面目で、ひたむきな性格だったのかもしれない。

背景の壁紙はファンシーなウサギのキャラクターが描かれていて、そこは女性の持ち物を意識させた。

同じ機種を使っているので操作方法も手になじんでいる。
素早く指を動かして、タップを繰り返して持ち主のプロフィールを調べた。
――水尾、香苗。みずお、かなえ。
いつの間にか、スマートフォンを持つ手が震えている。
初めて知った彼女の名前に、思わず心を奪われていた。
水尾香苗。
そうか、君はそんな名前だったのか。
何度も目にしたあの死体が、まるで息を吹き返したような感覚を抱く。
しかしそんなことはあるはずもなく、水尾香苗は五階で死に続けているはずだった。
生まれ年を見ると守琉より三つ年下、早生まれなので学年では二つ下になるようだ。
誕生日は二月八日、一〇月一四日ではない。
電話番号やメールアドレスにも見覚えはなく、住所までは登録されていなかった。
やはり、名前にも年齢にも一切覚えはなかった。

勤め先の社員ではない。中学や高校時代の後輩にもそんな女性はいなかった。もし忘れていたとしても、自分に会う必要があれば直接尋ねてくるだろう。まさか父を介して来るはずもなかった。

他の情報を調べようとすると、ショートメッセージのアプリに、一件の未読マークが表示されているのに気づいた。

メッセージが届いているが、まだ確認していないという印だ。

若干の後ろめたさと、それ以上の興味を覚えて、慎重に指先でアプリをタップする。悪いことはないだろう。もう持ち主は死んでいるのだから。

『市岡守琉と会うなら、二人とも殺すよ』

——俺？

反射的に肩が持ち上がる。

思わず辺りを見回して、誰もいないことを確認した。

いきなり名指しで殺害を予告されるとは思わなかった。

これは相手から届いた最後のメッセージだった。

息が詰まりそうな緊張の中、指をスワイプさせてメッセージの過去を遡る。

水尾香苗と相手とのやり取りが逆順に表示された。


『市岡守琉と会うなら、二人とも殺すよ』

『そんな言い方やめて』

『香苗が悪いんだよ。君はもう僕の物なんだから、勝手な真似は許さないよ』

『もう付きまとわないで。私とお母さんから離れてよ』

『可哀想に。お母さん、ショックで死ぬかもしれないな』

『お願い、お母さんには言わないで』

『お母さんにも話すよ。内緒にしていることも全部まとめて』

『だから違うって。守琉さんも私なんて知らないはずだから』

『彼氏と一緒に逃げるつもりだろ。香苗はお父さんを裏切るんだね』


——お父さん？

その響きにどこか得体の知れない気味悪さを覚えて、両者の会話に不穏なものが感じられた。

『お父さん』というのは、父親のことだろうか？

同じように『お母さん』という人物も登場しているから、両親なのだろう。

短い文章だけでは推測もままならず、会話の背景も読み取り辛い。

ただ水尾香苗の父親が、なぜか守琉を娘の恋人と思い込んで、愛情のあまり叱っているように読み取れた。

しかし、そのせいで二人とも殺すなど、果たして父親が発言するだろうか?

あの息子を殴る酒乱の父からも、殺すとまでは言われたことはなかった。

しかも冗談ではなく、本当に水尾香苗はこのマンションで殺された。

彼女が自分に会おうとしたから、予告通りに殺されたというのか。


メッセージにはまだ続きがあり、二人の会話がさらに遡れる。

詳しく知ろうと読み続けるが、すぐその先で再び指が止まった。


『嘘じゃない。お父さんには言わなかっただけ』

『どういう意味だい? お父さんにそんな嘘は通じないよ』

『市岡守琉さんは、私の兄なの』

——兄？

スマートフォンの液晶画面に向かって、口の中でつぶやく。

兄、兄、兄とは何のことだ？

自分に対して、見たこともない文字、聞いたことのない言葉、考えたこともない意味だった。

市岡守琉さんは、私の兄なの。

——じゃあ、水尾香苗は、俺の妹なのか？

——だから父と繋がっていたのか？

——だからここへやって来たのか？

呆然とした心境の中、無心で液晶画面をスワイプさせる。

メッセージはまだ続いていた。

『じゃあ誰だい、市岡守琉って奴は？』

『彼氏じゃない。そんな人じゃないから』

『彼氏なんだね。やっぱり監視は続けるべきだったな』

『どうして私の机を勝手に開けたの？』

『写真を見たよ。裏の名前も。こんな男、お父さんは知らないよ』

『市岡守琉って誰だい？』

『市岡守琉って誰だい？』

『市岡守琉って誰だい？』

『お父さんには関係のない人だから』

『市岡守琉って誰だい？』

『市岡守琉って誰だい？』

『市岡守琉って誰だい？』


メッセージの最初は、執拗（しつよう）な問いかけから始まっていた。

水尾香苗は無視していたようだが、恐らくは守琉を隠し撮りした例の写真を勝手に見られたと知って話し始めたようだ。

会話の相手は、北垣武信（きたがきたけのぶ）という男らしい。

メッセージ画面の上部に表示されていた。

水尾香苗とは苗字が違う。

もちろん自分の父、市岡新太郎でもない。

ようやく、事態が呑み込めてきた気がする。

――だけどこれは、一体どういうことなんだ？

遠くからサイレンの音が近づいてくる。

何度も聞いた救急車の音ではない、警察のパトカーの音だ。

五階で水尾香苗の死体を見つけた住人が通報したのだろう。

まもなくこのマンションに警察官が駆けつける。

彼女の死体を調べて、早急に運び去って、事件の捜査が始まるだろう。

住人たちに話を聞いて、自分も問い詰められて、あの逃げた男の行方を探すようになるだろう。

マンションは大騒ぎになり、事態は大きく動き出す。

それは彼女の死が、もはや取り返しがつかない事実として確定するように思えた。

水尾香苗、長い黒髪の細身の女。

水色のカーディガンを着て、花柄のロングスカートを穿き、小振りのストローバッグを提げた彼女。

何度も殺され続ける運命にある、信じられないほど可哀想な女。

——本当に、俺の妹なのか？

エントランスホールの入口に警察官たちの姿が見えた瞬間、右手の肘で壁を殴りつけて体を翻(ひるがえ)した。

そして一直線にエレベーターに辿り着くと、拳で呼び出しボタンを叩いた。

——死なせるわけにはいかない。

——時間を進ませるわけにはいかない。

何としても生き延びさせて、全てを聞き出さなければならなかった。

——どうしてここへ来たのか？

——どこで父と繋がっていたのか？

——なぜ自分に会いたかったのか？

水尾香苗はもう、見知らぬ女ではなくなっていた。


背後から警察官たちが近づく音が聞こえる。

しかしそれより早くに到着したエレベーターに乗り込むと、急いで『6』の階数ボタンを押してドアを閉めた。

一瞬、怪訝そうな顔をした警察官の一人と目が合う。

まだ何も知らない奴らに、水尾香苗を渡すわけにはいかない。

彼女の死が過去になる前に、未来を変えなければならなかった。

20

「何をしているんだい？」

突然、背後から聞こえた男の声に、水尾香苗は体を震わせた。

ゴールデンウィークも過ぎた五月半ばの夕刻。

北垣武信の書斎でデスクに着いて、ノートパソコンに向かっている最中だった。

「……おかえりなさい。お父さん」

「ただいま、香苗」

香苗は振り返らずに北垣の声を耳にする。

さほど広くないフローリングの書斎には、父専用のクローゼットと本棚と、シンプルなL字形のデスクとチェアが置かれている。

いつの間にか日は没しており、照明をつけ忘れた室内は手元すらも黒く染まっている。

目の前にある液晶モニタだけが青白い光を放っていた。

「香苗、パソコンなんて使えたんだね」

「少しだけ、学校の授業で習ったから。勝手に触ってごめんなさい」

「構わないさ。気にしなくていいんだよ」

北垣は普段通りに優しく話しかけてくるが、ドアの前に立ったまま、近づいてくる気配はない。

香苗の背中まで、二メートルにも満たない空間に、緊張感が見えない壁となって立ち塞がっていた。

母はまだ帰宅しておらず、今まで家には香苗しかいなかった。

北垣は玄関のドアを静かに開けて家に入ると、廊下の照明もつけずに、香苗に気づかれないように足音を忍ばせて、ここへやって来たのだろう。

「インターネットで調べ物でもしているのか？　それともレポートでも書いているのか？」

「……ううん、違うよ」

「使う用事があるなら、香苗専用に新しいのを買ってもいいんだよ」

「あの、お父さん。これ……」

香苗はそう言うとパソコンの隣に置いた小さな機材を示す。

高さ一〇センチほどの大きさで、四角い土台の上に黒いゴルフボールのような物が乗った装置。

ボールの前面は一部で欠けたように平らになっており、その中には小さなカメラのレンズがはめ込まれていた。

「これ、監視カメラだと思うんだけど」

「うん、そうだよ」

北垣は手に取って確認することもなく、平然とした口調で答える。

「ネットワークカメラとも呼ばれている物だ。設置した場所から見える映像を長時間録画し続ける装置だよ。パソコンやスマホを使えば撮影中の映像を確認できるし、カメラの方向や角度もこちらから遠隔操作できるんだ」

「それがどうして、私の部屋にあるの？」

香苗はまだ北垣のほうを見ないまま、上擦った声で早口に尋ねた。

「……洋服ダンスの上から、部屋の机を見下ろすように置いてあったよ。お父さんの言う通り、レンズを上下左右に動かせるみたいだから、窓際のほうもベッドのほうも、どこでも見渡せるようになっていたと思う」

「その手のカメラはそういうものだ。見えない場所、死角があれば意味がないからね」

「でもそれだと、私が寝ている時とか、服を着替えている時とかも、映るよね？」

「ああ、そういうこともあるかな。嫌なのかい？」

「え？」

香苗は思わず首を回して振り返る。

暗がりの中、無表情にこちらを見下ろす北垣と目が合った。

「どうした、香苗。何か困ったことでもあるのかい？」

「何を言って……」

「一体何を心配しているんだ？　まさかお父さんが、香苗の部屋をインターネットでライブ中継をしているとでも思ったのかい？」

「何それ……そんなこと、できるの？」

「たとえ話だよ。動画サイトによくあるじゃないか。やり方まではお父さんも知らないよ」

「でも、パソコンの中に映像のデータが沢山入っていたよ。ファイルの名前が日付と時間になっているのが」

「それはパソコンの中じゃなくて、常時起動している中継サーバーの中だよ。撮影された映像はそこへ自動的に保存されていくんだ。パソコンを使ってそのサーバーにアクセスしているからそう見えるんだよ」

「ちょっと、意味が分からない」

「大丈夫。香苗は知らなくてもいいことだ」

「そうじゃなくて！　この監視カメラを私の部屋に置いたの、お父さんだよね？」

「香苗の部屋だけじゃないよ。そこにもある」

北垣はそう言うと部屋の壁面に据え置かれた本棚の一角を指さす。

棚の最上段、ハードカバーの書籍が並ぶ合間に、同じく丸い監視カメラが設置されていた。

「あっちのリビングにも、お父さんとお母さんの寝室にも、玄関先にもある。気づかなかったかい？」

「そんなの知らない……」

香苗は目を大きく見開いて声を震わせる。

北垣は一歩、ゆっくりと娘の側に近づく。

口元をわずかにゆがめた笑みが、ノートパソコンの光に照らされていた。

「……だから今日、静かに家に帰って来たんだね。私がここにいるのを知っていたから」

「勉強の邪魔をしちゃいけないと思ったからだよ」

北垣はズボンのポケットからスマートフォンを取り出して香苗に見せる。

小さな液晶画面には、本棚の上から見下ろす角度で、今の香苗と北垣の姿がぼんやりと映っていた。

「照明がないとさすがに暗いね。玄関先のカメラには赤外線機能も付いているから夜でもしっかり映るんだよ」

「こんなので……一体何を監視しているの？」

「監視用じゃなくて防犯用だよ。世の中物騒だからね」

「防犯用？　家に泥棒が入らないように？」

「入っても分かるようにだよ。泥棒とは限らないけど」

「だけど、家の外ならともかく、中にまで置く必要ないでしょ？」

「家の中で香苗やお母さんが襲われていたらどうするんだ？」

「知らない人が入って来たら分かるよ。私の部屋なんて一番奥にあるのに」

「悪者が行儀よく玄関から入って来ると思うのかい？　香苗の部屋にも窓がある。油断しちゃいけないよ」

「そんなの心配し過ぎだよ！」

「じゃあ代わりに、窓に鉄格子でも入れようか？」

北垣はからかうような口調で返答する。香苗は息を呑んで口を噤んだ。

「冗談だよ。お父さんが香苗にそんなことするはずがないだろ？」

「うん……」

「でも部屋の中まで撮影するのはやり過ぎだったかもしれないね。お父さんに見られていると思ったら、落ち着いて服も着替えられないし、内緒のこともできなくて困るだろうね」

「やめて……気持ち悪い」

香苗は体を固めて小さく震えている。

北垣はその様子をじっと見つめながら、腕を伸ばしてテーブル上のパソコンを操作する。

そして液晶画面に表示されている動画ファイルを全て選択すると、キーボードを叩いて一斉に削除した。

「撮影された映像データは全部消したよ。これで香苗も安心だな」

「……家の中にあるカメラも、全部外して」

「分かった分かった。でも誤解しちゃいけないよ。お父さんは、香苗を大切に思っているからやったんだよ」

北垣はデスクの上にある香苗の手にそっと触れる。

「香苗とお母さんと、この家を守るのはお父さんの責任だからね」

「それだけじゃない」

香苗は北垣の手を振り解くと、そのままクローゼットのほうを指さした。

「……あの中に入っているジャンパー、何？」

「そんな所まで覗いていたのか。ジャンパーって、どれのことだい？」

「一番奥に掛かっている、緑色のジャンパー。その手前のデニムと、隅に丸め込まれた灰色のニット帽も」

「それがどうした？」

「私の後をつけていたストーカーも、同じ服を着ていたよ」

香苗は膝の上で両手の拳を握って訴える。

北垣は無表情のまま、軽く首を傾げた。

「別に、同じような服なら沢山あるんじゃないか？」

「あんな服を着ているお父さん、私見たことない」

「古い物だからね。それで奥にしまってあったんだ。お母さんと結婚する前はよく着ていたよ」

「それだけじゃない！」

香苗は声を上げるとデスクの引き出しから小さな袋を取り出す。

食品を保存するための透明なビニール袋。

中には白いレースをあしらった、水色のブラジャーとショーツが収まっていた。

「これ、私の下着だよね？　ストーカーに盗まれた」

「ああ……そうだね」

「それをどうして、お父さんが持っているの？」

「何か、香苗は誤解しているみたいだね」

北垣は驚きもせず、焦る素振りも見せず、不自然なほど穏やかな笑みを浮かべていた。

「どうしても何も、前にストーカーを捕まえた時に取り返したんだよ」

「おかしいでしょ？　なんでそれを、私に渡してくれなかったの？」

「なんのために？　見ず知らずの男に盗まれた下着を、また着けるつもりだったのかい？　やめたほうがいい。何に使われたか分かったもんじゃない。それならお父さんが新しいのを買ってあげるよ」

北垣はそう言って含み笑いを漏らす。

香苗は目を逸らして、そのまま椅子を回して背中を向けた。

「じゃあお父さん、もうひとつ教えて？」

「うん？　まだ何か聞きたいのかい？」

「私に付きまとっていたストーカーって、本当は誰だったの？」

「誰って……」

「なんて名前だったの？　どこに住んでいるの？　どんな人なの？　電話番号は聞いたの？　お父さん、捕まえたけど放してやったって言ったよね？　じゃあどこの誰からい分かっているよね？　今すぐ全部、私に教えて！」

香苗の声が暗い書斎に響く。

息の詰まるような沈黙が、数十秒経過した。

「……知らないって言うなら！」

「お母さんがね、嬉しそうに言っていたよ」

突然、北垣はとぼけた調子で話し始める。

「僕と香苗が、本当の親子みたいに見えるって。とても喜んでいたよ」

「何の話をしているの？」

「仲が良くなって本当に良かったって。お母さんはそれだけが心配だったんだよ」

北垣は両手を香苗の肩に置く。

香苗は硬直したように動かなくなった。

「お母さんは不安だったんだよ。僕と再婚すると、僕には大きな娘ができて、香苗には見ず知らずの父親ができてしまう。もし二人の仲が悪くなったら、自分のために二人とも不幸にしてしまうかもしれない。それがとても恐かったんだ。気持ちは分かるよね？僕とお母さんはお互いに望んで夫婦になるけど、僕と香苗は所詮、他人同士だ。急にお互い親子になれと言われても受け入れられるもんじゃないよ」

北垣は香苗の肩をなで続ける。

「だから僕は一所懸命、お母さんに伝えたんだ。大丈夫、何の心配もいらないよ。結婚前に何度か会ったけど、香苗ちゃんはとても賢くて、お母さん思いの優しい子じゃないか。僕もあの子は大好きだよ。最初は戸惑うかもしれないけど、すぐに打ち解けあえるさってね。お母さんもそれを聞いて安心したんだよ」

「お母さんが……」

「もちろんそれだけじゃない。僕のお金があればお母さんも仕事が楽になるし、香苗ちゃんの学費も工面できる。家族三人、気兼ねなく、何不自由なく生きていける。香苗ちゃんも大人だ。大切なお母さんのためにどうすればいいか、ちゃんと分かっている。自分の立場と役割をしっかり理解しているよ。そう説得して、僕とお母さんは結婚したんだよ」

北垣は香苗の鎖骨をなぞり、やがて細い首を両手で包み込む。

香苗はわずかに顎を上げて息を漏らした。

「そんなの……ずるいよ。お母さんとか、お金の話を出すなんて」

「でも香苗もお母さんを悲しませたくないだろ？　短大も辞めたくないだろ？　それなら、今まで通り、僕と仲良く一緒に暮らそうじゃないか。些細なことには目を瞑って、多少のことは我慢しなきゃ。家族にはお互いを受け入れることも必要なんだよ」

「絶対許さないから、卑怯者……」

「嫌うはずがないじゃないか。こんな可愛い娘を」

その時、玄関のドアを開く音が廊下に響く。

北垣は小さく舌打ちすると香苗の首から手を離して退いた。

「お母さんが帰ってきたね。もうそんな時間か」

北垣は普段通りの穏やかな声でつぶやくと、書斎のドアへと向かう。

「……分かっているね、香苗。自分の立場と役割を忘れるんじゃないよ」

香苗は両手で自分の体を抱いて、ただ短く弱々しい呼吸を繰り返している。

しかし、北垣が見なかったその顔には、強い決意の色をたたえていた。

21

もしも、未来が見えるようになれば、人は幸せになれるだろうか。

未来が分かれば、困難から逃れられる。

これから起きる事件や事故、招かざる事態を回避できる。

この先の心配事が一切なくなれば、安心して人生が送れるだろう。


しかし、未来は死ぬまでずっと続く。

今日の不幸を逃れても、明日の不幸がやって来る。

一週間後も一年後も、一〇年後にも何が起きるか知りたくなる。

不安を取り除こうとするほど、小さな障害も見逃せなくなる。

結果、現在という時間は、全て未来のために費やされて、何のために今を生きているのかも分からなくなるだろう。

だから、未来なんて見ないほうがいいのだ。


でも、もし自分の未来が見えるとすれば、見ない人がいるだろうか？

未来が不幸になると知って、何もしない人がいるだろうか？

その結果がさらなる迷いと悩みを生むと知っていても、動かないわけにはいかなくなる。

つまり、未来が見えると気づいた時点で、見ても見なくても人は不幸になるのだ。


それは新しい発見ではない。

昔から神話でも民話でも漫画でも小説でも、既に何度も語られた話だ。

自分の行く末を知ることができたので、何も心配することがなくなって、末永く幸せに暮らしましたとさ、という話は聞いたことがない。

どこかで必ず、絶望的な失敗を引き起こすことになるのだ。

だから、やっぱり未来を見てはいけない。

もし見てしまっても、見なかったふりをすべきだ。

きっとそれが、未来から逃れられる、たったひとつの解決法なのだろう。

本当に、それができるなら。


三度(みたび)、時間が遡ったと、市岡守琉は六階に着く前から気づいていた。

手にしていた香苗のスマートフォンが、一瞬のうちに消えてしまったからだ。

エレベーターで上昇する最中、音もなくその場から消失した。

線香の煙のようにスーッと薄れてゆくのではなく、テレビの電源を切ったようにパッと見えなくなってしまった。

同時に、手や服に付着していた血液も、洗濯するより確実に一切の痕跡がなくなった。

目には見えない時間、それが戻るさまを、はっきりと目撃した。


箱から出て振り返ると、六階に到着していた。

腕時計を見ると、午後三時三〇分に戻っていた。

すぼめた口からゆっくりと、体が縮むほど深く息を吐く。

今までと違い、六階から一階へではなく、一階から六階へとエレベーターで移動したが、それでも問題なく時間を戻すことができた。

途中で謎のブラックホールが開いたとか、爆発的なエネルギーが発生したとか、分かりやすい現象は何も起きなかった。

どういう法則が働いているのかと気になるが、考えても分かるはずもなく、検証している暇もない。

もしかすると、時間を戻せるのはこれが最後かもしれない。

そう思うと、悠長にエレベーターの点検をしている場合ではなかった。

体が膨らむほど息を吸い込むと、すぐさま廊下のガラス柵に身を乗り出して顔を上げる。

次に上層階を見回して、そのまま顔を下げて中庭と下層階にも素早く目を走らせた。

どこにも、誰もいない。これまで通りの光景だ。

続けて、廊下を走り抜けて自宅へと向かう。

鍵を開けて中を覗き、誰もいないことを確認した。

これも思った通りの状況だ。時間が戻ったので当然だ。

元通りにドアを閉めて鍵を掛けると、再び廊下を引き返してエレベーターの前へと戻る。

だが箱へは入らずに、右脇にある非常階段に飛び込み駆け下り始めた。

もうすぐ香苗はこのマンションへとやって来る。

そして追いかけて来た犯人、あの宅配業者を装った男に、必ずどこかで殺される。

吹き抜けか、家の中か、下の階か、その他の場所かもしれない。

マンション全体を監視することはできない。

そして、次に殺されてしまっても、またエレベーターで時間が戻せるとは限らなかった。


だから、一階のエントランスホールで待ち構えることにした。

最初から事件なんて起こさなければいい。

たとえどこかに殺人鬼が潜んでいても、そこへ行かなければ襲われることもない。

香苗が来ると同時に会って、そのままマンションから外へと連れ出す。

彼女が何を言おうとも、他にどんな事情があろうとも、無理矢理にでも引きずり出す。

とにかく犯人より先に遭遇して、殺害される予定のマンションから遠ざかってしまえばいいはずだ。

犯人がどう動くかは分からないが、香苗の殺害さえ避けられたらこちらの勝ちだ。

あとのことは、どうにでもなるだろう。

それが三度も同じ時間を経験した末の結論だった。


一階のエントランスホールまで下りたが、そこにまだ香苗の姿はなかった。

エレベーターは一階に箱が到着しているので、階段を下る途中で行き違いにもなっていないようだ。

正面玄関から外へ出て辺りを見回す。

マンションに面した通りは左右二車線の国道で、車や通行人の往来は少なくない。

ぐるりと首を回すが、香苗らしき女や、例の男はまだ見つからなかった。

駅からは若干離れているが、歩いて来られない距離でもない。

――香苗は徒歩でやって来るだろうか？

――それとも駅前からバスに乗って来るだろうか？

――もったいないと思うがタクシーを拾って来るかもしれない。

到着までの手段が分からないので、これ以上は迎えに行くこともできなかった。

正面玄関の脇の壁にもたれて待機する。

絶対に香苗をここへ入れてはならない。

何の作戦もない愚直(ぐちょく)な行動だが、何としても彼女を死なせないためには、これが最良の方法だと確信していた。

ポケットからスマートフォンを取り出して、記憶している香苗の電話番号をタップする。

呼び出し音は聞こえるが、彼女が通話に出ることはなかった。

スマートフォンをバッグの中に入れて移動していれば気がつかないかもしれない。

あるいは見知らぬ電話番号を怪しんでいるのかもしれない。

写真の裏に名前と住所を書いた父が、電話番号まで一緒に伝えていなかったのが悔やまれる。

父はこちらの電話番号を知っていたはずだ。

しかし父自身は携帯電話を持っておらず、実家には固定電話もあるが、使っているのを見たこともなかった。

——なんで、電話くらい持たせておかなかったんだ。

父が積極的に携帯電話を持つはずがないと知っていながら、買い与えておくようなことはしなかった。

つまらない用事で掛けてくるかもしれないと警戒したからだ。

そんな大人げない判断の結果が、この有様だ。

気安く連絡の取れなかった父は倒れ、こちらの電話番号を知らない香苗は、住所を頼りにここへ来るしかなかった。

香苗はいつまでも電話に出なかった。

マンションへ来るまでに一度でもバッグのスマートフォンを確認してくれるといいが、期待はできない。

北垣武信からのメッセージも、最後の一件は未確認のままだった。

『市岡守琉さんは、私の兄なの』

香苗のスマートフォンに表示されていた、彼女の言葉が目に浮かんだ。

——香苗が会おうとしているのは、兄なのか？

——俺が助けようとしているのは、妹なのか？

22

市岡守琉は、物心ついた時から母がいなかった。

屋根瓦の青いアパートの実家では、父と二人で暮らしていた。

その家に母の姿はなく、祖父や祖母、親戚なども一切知らなかった。


夜に見る夢のように曖昧な記憶の中には、大人の女性に面倒を見られていた光景もごくわずかに残っている。

しかしそれは思い返すと、隣家の奥さんだったり、大家の婆さんだったり、たぶん父の女友達などだった。

男手ひとつで育児するさまを見かねたのか、手に余ることがあって父が頼んだのか。

事情は知らないが、皆から笑顔で抱かれて可愛がられた思い出がある。

しかし彼女たちが母でないことは、たぶんその時から気づいていた。

きっと他人の匂いがしたのだろう。


母がいない理由は知らず、今も分からないままだった。

小学校へ入る前、父に尋ねたことがあった。

――どうしてうちにはお母さんがいないの？

――どうしてお父さんしかいないの？

素朴な疑問のつもりで投げかけた。

――ああ、もう死んだ。

父は別に驚く風でもなく、短く一言だけで話を済ませた。

人が死ぬ意味については、それより前から知っていた。

何かの絵本か、テレビ番組で目にした覚えがあったからだ。

こぎつねは、いつもひとりぼっち、おとうさんと、おかあさんは、ずっとまえに、しんでしまったので、いませんでした。

狐は死ぬ、象も死ぬ、蛙も死ぬ、死ぬといなくなる。

だから母も死んだのでいなくなった。

その理屈に一切の疑いを持つことはなかった。

周りの大人たちも、そこには何の関心も示さなかった。

それがどうした、母がいないことなど、別になんの興味もない。

いたって普通のことだという態度で、話に出ることもなかった。

寂しく思わせないための配慮だったのか、そういう主義の人たちだったのかは分からない。

ただ、周りが普通にしていれば、悲しいという感情も湧かなかった。

それでも何かがおかしいと感じ始めたのは、やはり同年代の友達ができてからだった。

他人の家には当たり前のようにいる人が、自分の家にはいない。

そこに不自然さを感じないはずがなかった。

兄弟や姉妹は、いる家もあればいない家もあった。

祖父母は同居している家もあれば、そうでない家もあった。

父親は仕事に出ている場合が多いので、どの家もよく分からなかった。

しかし母の存在が全くないのは、周りでは自分の家以外にはなかった。

存在が全くないというのは、死の存在すらないという意味だ。

小学三年生の時、クラスメイトに母親が既に亡くなっている男子がいた。

同じく母のいない家の者として友達になれると思ったが、共通点はあまり感じられなかった。

彼は恐らく父方の祖父母と同居しており、お爺ちゃん、お婆ちゃんのことをよく話していた。

さらに会話の中に亡き母親の影が見え隠れして、小さな時はお母さんと遊んだり、叱られたりしたなどと語っていた。

彼は母のことを、優しくて綺麗な人だと思っていた。

それが父親や家族の刷り込みであったかどうかは分からないが、家には母親の遺影(いえい)があり、秋の終わりには墓参りにも行っていた。

守琉にはそんな写真もなければ、そんなイベントもない。

思い出すらもなかった。


離婚という状況があると知ったのは、それからもう少し経ってからだった。


それを教えてくれたのも、別のクラスメイトだった。

小学五年生の時、友達の一人が遠い県へ引っ越すことになった。

担任教師は親の都合と話していたが、本人に聞くと両親が離婚して、お母さんとお爺ちゃんの家に行くことになったと言っていた。

今思うと、母親が父親とは住めなくなったので、母方の実家へと帰ることになったのだろう。

彼と別れる悲しさよりも、そういう状況もあるのかと知った驚きのほうが大きかった。

その後、彼と手紙のやり取りは何通かあったが、やがて疎遠(そえん)になった。
——母は死んだのではなく、父と離婚したのかもしれない。
その時から疑うようになったが、真相を父に問い質すことはできなかった。
ちょうど同じ頃から父は酒に溺れて、暴力を振るうようになったからだ。

23

父から殴られるのに理由はなかった。
酷い時には目が合ったとか、逆に目を合わせなかったとかいう理由でも殴られた。
まるで機嫌の悪いクマやライオンと同居しているようなものだった。
いや、クマやライオンは自分の子どもを襲うことはないだろう。
余計な口を利くと叱られるので、必要最低限の会話しかできなかった。
狭い家にいると目についてしまうので、外で過ごすことが多くなっていた。

とても話のできる状況ではなかった。

しかし、その抑圧された年月が、疑問を確信へと変えていった。


そして、中学三年生の冬に、初めて母の真相を聞いた。

高校への進学を決めたことを父に話しておく必要があった。

当然、学費の安い公立高校しか考えていなかったが、それでも一人で手続きするわけにはいかなかった。

その日も父はビール缶を片手にしていたが、理不尽に激昂することなく大人しく話を聞いていた。

しかし金の話を出すと途端に不機嫌になり、勝手に決めやがってと毒づいた。

もちろん勝手に決めたわけではなかった。担任教師にも相談して、あちこちの学校を検討して、父にも何度となく状況を伝えていた。

しかし父は全く覚えておらず、まるで初耳のような態度を見せていた。

それに腹を立てたこともあって、長年の疑問を父にぶつけた。

――俺も親父に相談したくはなかった。

――この家にも母がいればこんな苦労はしなかった。

――あんたが酒を飲んで暴れて追い出さなければ良かったんだ。

父は一瞬、目を丸くさせたが、すぐ眉間に皺を寄せて、それは違うと言った。

そうじゃないと続けた。

しかし何年もかけて考え抜いた結論が誤っているとは思わなかった。

昔、母は死んだと聞いていたが、遺影も墓もないのはおかしい。

本当は母を家から追い出したか、母のほうから嫌気が差して逃げ出したので、死んだと嘘を言ったのだろう。

他の人たちも母については全く話題にしなかった。

父と同居させられている自分の境遇を、不憫に思っていたからだと追及した。

すると父は、死んだのは嘘で、離婚したのは事実だと認めた。

しかし、追い出したのではなく、逃げ出したのでもない。

――あいつは他の男のところへ行ったんだ。

それが許せなくて、お前だけを引き取ったのだと説明した。

呆れかえった。およそ信じられる理由ではなかった。

一五年間の知識と想像で作り上げた母が、そんな酷い人間であるはずがない。

我が子を見捨てるはずがない。
会った覚えもないのに、母を侮辱(ぶじょく)された気持ちになった。
だから父を罵(ののし)った。
――もうそんな嘘に騙(だま)される歳じゃない。
――親父のような乱暴者と一緒に住めるものか。
――俺から母を奪ったのはあんただ。
次の瞬間、父から右の頬を殴りつけられた。
黙って睨(にら)んでいると、左の頬も殴りつけられた。
それでも歯を食い縛って見続けていると、父は立ち上がって家から出て行った。
六畳の居間でずっと座り続けていた。
父のいなくなった空間にいつまでも目を据えていた。
胸の奥では怒りが湧き立っていたが、頭の中は不思議と冷めて落ち着いていた。
意外な感覚だった。
喧嘩になってもいいと思っていたのに、殴り返すことはできなかった。
なぜなら、父の拳が、思ったよりもずっと弱く感じられたからだった。

それ以降、父が手を上げることはなくなった。

相変わらず家で酒浸りだったが、今までのように喚き散らすことはなくなり、テレビに向かってぶつぶつと文句を言う程度になった。

もう息子を殴って従わせることはできないと知ったのだろう。

力でも口でも敵わないと気づいたのだろう。

これまでの恨みを晴らすべく、仕返しされるかもしれないと怯えているのだろう。

自分にとっては、父がそんな状況でいてくれたほうが、都合が良かった。

だからそのまま、家に居ながら無視することに決めた。

ようやく重圧から解放されたのだ。

いびつな関係であっても、このまま続くことを望んでいた。


高校進学への手続きは、滞りなく済ませることができた。

両頬を殴られた日のあと、父から銀行口座の預金通帳を手渡されて、好きに使えと言われた。

我が家の貯金は決して多くはなかったが、思ったほど少なくもなかった。

そこから学費を支払って、無事に高校へと進学できた。

その後、口座は守琉が管理するようになり、必要に応じて教材費や電車の定期券代に使い、家の食費や日用品を買う金にも充てた。

アルバイトを始めてからは、給料もその口座へ振り込まれるようにしたので、貯金も減るばかりではなくなった。

そして父には、数か月に一度に小遣いを渡すという、今の関係ができあがった。

父も自身で管理するよりも、そのほうがいいと思ったのだろう。

金額についても文句を言うことはなく、大人しく従っていた。

ほとんどが酒代に消えていただろう。


いつの間にか、酒を飲まないと意気地がなくて、飲んでも弱い父になっていた。

そうしてしまった自分は、遅れていた何かを取り戻すかのように、目の前の勉強や仕事や遊びに励み、家と父を顧みることはなかった。


あれから、母の話が二人の間で出ることはなかった。

24

『やめて！　香苗、もうお母さんを苦しめないで！』

水尾香苗は母の叫びを耳の奥に感じながら、一人で歩き続けていた。

弱いシャワーのような雨が延々と降り続く、六月終わりの午後。

傘の内側に反響する雨音が、四方から抑え込まれるような閉塞感をもたらしていた。

『そんなの香苗の勘違いよ。お父さんは暴力を振るわないし、いつも私たちのために頑張ってくれているじゃない』

昨夜、香苗が北垣の行為を母に話したところ、彼女は戸惑いながらも笑みを浮かべてそう言った。

家中に監視カメラを設置していた、ストーカーと同じ服をクローゼットに隠していた、盗まれた香苗の下着を保管していた、あの人はまともじゃないと訴えても、彼女は頭を振るばかりだった。

『お願い、もうお父さんに酷いことは言わないで。あの人は優しくてお金持ちのいい人よ。香苗も一緒に住んでいいって言ってくれたじゃない。私たち、家族になったのよ。そんなに恐がらなくていいじゃない。お父さんは娘のあなたを愛しているだけよ』
母は涙声で必死に娘を説得する。それでも香苗が反論すると、ついには顔を伏せて泣き出した。
お父さんは悪くない、香苗が気に入らないならお母さんが代わりに謝るから、どうか悪く言わないで。
そう言われると、もう香苗は何も言えなくなり、ただ弱々しく泣き崩れる母をなだめることしかできなかった。

重苦しい記憶を払うように傘を少し持ち上げると、屋根瓦の青い二階建てアパートが目の前にあった。

意を決して、ガラガラと音の響く引き戸を開けるなり、香苗はやや恐々と声をかけた。

「市岡さん？」

薄暗い玄関の三和土に幽霊のような声が響く。

「……市岡さん、おられますか？」

「誰だ！」

ガラス戸の向こうから怒号を投げつけられて、香苗は肩をすくめる。

奥のほうから、かすかにテレビの音が聞こえていた。

「香苗、です」

探るような声で返答する。

すると、どすんという重い音が聞こえたあと、勢いよくガラス戸が開いた。

「香苗さん？」

市岡新太郎は丸メガネ越しの目を大きく見開いて顔を硬直させている。

いつも着ているハンチング帽にスーツ姿ではなく、禿げた頭をそのままに青いストライプのパジャマを着ていた。

「……何で、ここに？」

「いきなりすいません。お休みでしたか？」

「いや、酒飲んで寝転がっていただけ……ちょっと待ってくれ！　いや、もういい。とにかくあがりなよ！」

市岡は慌てつつも手招きをする。

香苗は軽くお辞儀をして部屋に上がった。

畳敷きの六畳には、中央に薄い布団と低いテーブルがあり、壁際には小さなテレビが置かれ、辺り構わず雑多な物が転がっている。

照明はつけておらず、湿り気のある澱んだ空気には強い酒の匂いが感じられた。

「狭苦しいところで悪いな。まあ、とにかくどこかに座ってくれ」

市岡は乱暴に布団を畳むと、テレビを消して周囲を片付ける。

だがすぐに疲れたのか、大して何も変わらないと思ったのか、程々にしてその場に腰を下ろした。

香苗も玄関にほど近い場所で遠慮がちに正座する。

するとその場所だけが、まるで荒れ地にクチナシが咲いたように華やいだ。

「連絡もせずに来てしまって……お邪魔ではなかったですか？」

「邪魔なもんか。ちょっとビックリしただけだ。雨の中大変だったろ。濡れなかったか？」

市岡は歯を見せて無邪気に笑う。

香苗も少し目を細めてうなずいた。

「それにしても、よくここが分かったな。住所を知っていたのか？」

「いえ、前から聞いていた市岡さんのお話で、大体の場所は分かっていました。それに、なんとなく覚えているような気がしたんです」

「そうか……。あんたは、ほとんどいなかったのにな」

市岡は紙パックの焼酎をグラスに注ぐと、思い切ったように一気に飲み干す。

そして背を丸めて深く溜息をつくと、すっと目が覚めたように顔を上げた。

その表情にはもう笑みはなく、射貫（いぬ）くような鋭い眼光をたたえていた。

「それで、何があった？」

「え？」

「前置きはいいさ。その顔を見れば分かるよ」

市岡は密談をするかのように、低い声でゆっくりと話す。

「もう大丈夫だ、何も心配いらない。俺が何とかしてやるからな」

香苗はぎゅっと強く目を閉じると、深く頭を下げた。

「私、もう、どうしたらいいのか分からなくて。お父さんが……」

「お父さん？」

「あ、いえ……市岡さんじゃなくて、今のお父さん、北垣武信さんのことなんです」

「いいんだよ、それで？」

「一年ほど前にお母さんと再婚して、今はその人と三人で住んでいるんですが……」

「どうした？　そいつと何かあったのか？」

「……私、襲われそうになっているんです」

「襲われる？　また、香苗さんを殴るような奴なのか？」

「違います。暴力じゃなくて、その……」

香苗は戸惑う態度を見せて口籠（くちご）もる。

市岡は不思議そうに見ていたが、やがてその意味に気づいて目を見開いた。

「まさか……本当に？」

「たぶん、そうだと思うんです」

「何をされたんだ？　いや、言わなくてもいいんだが、俺はその……」

「大丈夫です。まだ何もされていませんから」

香苗は強く首を振って否定した。

「……でも、家の中に監視カメラを仕掛けたり、外へ出たら変装して後をつけたりしてきます。私が見つけて注意したらやめてくれましたけど、他にも何かしているような気がします」

「何だそれ？　一体何のために？」

「私が心配だからと言っていました。娘を守るのは父親の責任だからと。とても信じられません。でも、はっきり違うとも言い切れませんでした。私も、その、父親の気持ちがよく分からなくて……」

香苗の言葉に市岡は喉の奥で呻る。

右手で膝頭を掴み、何かを堪えるかのように強く握り締めていた。

「でも、ベランダに干していた私の下着を取ったり、部屋のタンスやゴミ箱を探ったり、お風呂にも入ってきたりして、段々と恐くなってきたんです」

「ふざけやがって……」

「いつか何かされるんじゃないかって気がして……やっぱり間違っていますよね？」

「当たり前だ！　そんな親父いるもんか。大体あんたが嫌がっている時点で正しいわけがない！」

　市岡は香苗が耳にしたことがないほど強い口調で叫ぶ。

　酒焼けの顔をさらに赤くして、煩悶の表情を浮かべていた。

「それで、あいつは、なんて言ってるんだ？」

「……お母さんは、私の勘違いだろうって。私が気に入らないなら代わりに謝るから、お父さんを悪く言わないでって」

「馬鹿がっ！」

「でもお父さんも、お母さんの前だと普通に優しくて、いい人になるんです。ちゃんと仕事もしているし、親の遺産か何かでお金持ちらしくて、その、私たちも凄く助けられています」

　香苗は項垂れるように顎を引いたまま、目線だけを上げて市岡をじっと見つめる。

　市岡は歯を食い縛るような顔つきのまま、逃げるように目を逸らした。

「私、お母さんの気持ちも分かります。今までずっと苦労して、やっと落ち着いてきたんです。頼りになるお父さんと再婚して、ようやく幸せになれたんだと思います。だから絶対に手放したくないんです」

「ああ……きっとそうだろうな」

「でも私、もう耐えられないんです。こんな話、市岡さんにしかできません。私、どうすれば……」

か細い香苗の声が外の雨音に紛れて流れてゆく。

市岡は目線を戻すと、岩のように固く強張（こわば）った顔でゆっくりとうなずいた。

「よく分かったよ、話してくれてありがとう。我慢していたんだな。何も気づいてやれなくて、本当に悪かった」

「市岡さん……」

「香苗は何も悪くない。おかしいのはその男のほうだ。あんたはな、そのままでいいんだ。あとは全部、俺に任せておけ」

「どうするんですか？」

「決まっている。俺が今から行って、話を付けてやるよ」

市岡はそう言うなり拳を握って立ち上がる。

それを見て香苗も慌てて腰を上げた。

「ダメです！　市岡さん。そういうつもりじゃないんです」

「心配するな。あいつには内緒で片を付けてやる。しっかり言い聞かせて、あんたに謝らせてやるからな！」

「外は雨が降っているんですよ。それに今行っても家には誰もいませんから」

「だったら家で待つか仕事場へ行けばいい！　逃げるならとっ捕まえてやる！」

「でも市岡さん、体の具合が悪いんじゃないですか？　私、ここへ来た時から気になっていたんです。体も痩せて、顔色も良くないですよ！」

「関係ない。娘の一人も守れずに……」

「やめてください、お父さん！」

香苗は部屋を出ようとする市岡の腕を軽く引っ張る。

すると市岡はよろよろと体勢を崩して、そのまま畳の上にどすんっと尻餅をついた。

香苗は慌てて市岡の両肩を抱いて背中を支える。

市岡は低く呻ると、苛立たしげに自らの足を叩いた。

「……情けない。ちょっと飲み過ぎたみたいだ」

「いいんです！　いいんです！　私こそすいません。市岡さんに無茶をさせてしまって」

「無茶なもんか。こんなの今日だけだ。明日行ってやるからな」

「でも本当に……」

「なに、香苗の気持ちも分かっている。殴り合いの喧嘩をするわけじゃないんだ。話をするだけだ。あんたが嫌がっているとはっきり伝えたら、そいつも目が覚めるだろう」

「……分かりました。でも明日はお母さんが家にいるので、また来週、時間と場所を決めてお願いできますか？」

「ああ、あんたがそれでいいなら……」

市岡はなぜか腹の辺りを押さえながら返事をすると、再びグラスに焼酎を注ぐ。

「……大丈夫だ、俺が全部引き受けてやる。香苗はもう、そんなことには巻き込まれちゃダメなんだ、絶対に」

「市岡さん……守琉さんは、お元気ですか？」

香苗は独り言を繰り返す市岡を見て顔を曇らせる。

「守琉？」

市岡は我に返った風に顔を上げる。

「ああ、まあ、よろしくやってるだろ。しばらく会っていないが」

「会っていないんですか？」

「別に、用事もないからな」

「……もし、良かったら、一度会わせてもらってもいいですか？」

香苗は思い切ったように尋ねる。

市岡はグラスに口を付けたまま、しばらく動きを止めた。

「市岡さんも一緒に。私、守琉さんに会ってみたいんです」

「会うなら、香苗一人で行けばいい。居場所は前に教えたろ」

「市岡さんは？」

「俺が行けば、たぶん会ってくれないよ」

市岡は淡々と、感情の窺えない声で返した。

「……でも、あんたならちゃんと会ってくれる。悩みごとがあれば聞いてくれるし、助けてもくれるだろう。そうだ、俺と違って立派で優しい奴だ。遠慮なく頼っていいんだよ」

「だけど、きっと私のことなんて覚えていないですよね。それなのに……」

「なぁ、香苗」

市岡はグラスを置くと再び鋭い視線を向ける。

しかし口元は言葉をためらうように震わせていた。

「俺とあんたは親子じゃない。俺は何一つあんたにしてやれなかったし、あんたも俺の世話になったことはない。だから俺はあんたに親父面をするつもりはない。会いに来てくれるのは本当に嬉しいが、俺たちはもう他人同士なんだ」

「そんなこと……」

「でもな、香苗。守琉とあんたはな、絶対に兄と妹だ！　親のせいで離れ離れになっただけで、二人は何も悪くないんだよ」

市岡は胡座（あぐら）をかいた足の膝に両手を置くと、まるで謝罪するかのように深く頭を下げる。

「会っていなくても、覚えていなくても、正真正銘の兄妹だ。だから会えばいいんだ。

何も後ろめたいことはない。迷うことなんてないんだ。あんたは守琉の妹なんだよ！」

香苗はその小さくなった背中に視線を注ぎつつ、はいと短く返事をした。

「今度、会いに行きたいと思います」

「そうしてくれ。守琉も分かってくれるはずだ。きっと香苗の力になってくれるよ」

「でも、市岡さんも、私にとっては大切なお父さんです。だから、他人だなんて言わないでください。本当に……」

香苗は声を詰まらせながら、まるで諭すようにはっきりと伝える。

市岡は何も返答できないまま、さらに深く頭を垂れた。

25

市岡守琉が立ち続けるマンション前の国道に雨が降り始めていた。

正面玄関の前には庇が付いているので濡れる心配はない。

腕時計に目をやると、午後三時四五分を過ぎていた。

見える範囲に香苗や、あの男が現れる様子はない。

しかしあと一五分以内には、必ず二人ともここへやって来て、一人が一人を殺してしまうのだ。

その状況だけ考えると、あまりに理不尽な話だった。


人が、人を殺すのに、どれくらいの時間がかかるだろう。

格闘技の試合のように一対一で向かい合っていれば、決着はなかなかつかない。

襲われる側が充分に警戒していれば、逃げ延びられる可能性も高いだろう。

しかし、町を歩く普通の女が、いきなり大きな男に襲われたとしたら、何も抵抗できないまま、叫び声を上げる間もなく終わる。

近づいて、襲って、立ち去る。

ワン、ツー、スリーの三ステップ。

何が起きたのかさえも分からないまま殺されるに違いない。

そう思うと、自分たちの日常は危険極まりない環境でもあった。

あと一五分、四時になるまでは、一秒たりとも油断はできない。

予測不可能な惨事から香苗を救い出せるのは、何度も未来を体験してきた自分だけだと信じていた。

水尾香苗は、妹かもしれない。
香苗が書いた、ショートメッセージでの告白を見た時は、とても信じられなかった。
生き別れの妹がいるなど、聞いたこともなければ想像したこともなかった。
しかし、この現状と過去を振り返ると、決して嘘ではないように思えてきた。

中学三年生の頃、父に母のことを問い質したことがあった。
自分に母がいないのはなぜか。
死んだと聞いていたが嘘だろうと確信していた。
父は、母が他の男のところへ行ったと話した。
信じられない話だった。
母が、そんな不埒な女とはとても思えなかった。
だから、母を貶める父が許せなかった。

しかし、今思うと、あれは真実だったのかもしれない。
あの父が、あるいは世の父親が、息子に向かって、母親はよそに男を作って出て行ったと無意味な嘘を吐くだろうか。

しかも父は、追い出したのだろうという言葉を否定してまでそう話したのだ。

さらに父は、お前だけを引き取ったとも言っていた。

それは本当だろう。

しかし、あれは、別れた母から子どもだけを引き取ったという意味ではない。

兄妹のうち兄だけを引き取ったという意味だったのだろう。

二歳年下の、生まれたばかりの香苗までは母から引き離せなかったのだ。

つまり父は、息子に一切嘘を吐いていなかった。


そして、香苗が所持していた写真。

高校の制服を着ていたので、おそらく父が、在学中の自分を隠し撮りして渡したものだろう。

思い返すと、あの頃、普段とは違う父の行動を目撃していた。

半年に一度ほど、スーツを着て、ハンチング帽を被り、精一杯、格好を付けて出かける日があった。

そして帰ってくると、女の匂いが感じられた。

生々しい体臭ではなく、女と会っていたであろう、気配のようなものだった。

あれは、香苗に会っていたのかもしれない。

どこかで自分の娘に会い、近況を伝えあっていたのではないだろうか。

本来なら、兄の自分もその場にいるべきだった。

初めて会う妹に驚き、父から本当の話を聞いて、手を取り合う場になるはずだった。

しかし、そこに行くことはなかった。

父を蔑み、無視していたからだ。

妹に会いに行こうと言われても、ついて行かなかったかもしれない。

家族など存在しないものと決め付けていたからだ。


だから父は、写真だけを香苗に渡した。

恐らく撮影から数年後、あるいはつい最近に会う機会があったのだろう。

写真の裏には、現在の住所が書かれていた。

香苗が写真を欲しがったのか、父が自らそうしたのかは分からない。

だが父も、別れて育った兄妹を繋げようとしたのだろう。

父は、自分がいなくなっても、いつか兄妹が会えるようにしたかったのだろうか。

もはや会話すらしてくれなくなった息子も、妹となら心を通わせることができると思ったのだろうか。

それは、父になれなかった父が見せた、なけなしの責任感だったのかもしれない。

そして、香苗はその期待通りに、ここへやって来てくれた。

しかし、兄と会う寸前に、殺されてしまった。

26

香苗はなぜ殺されてしまうのか？

その理由は、彼女のスマートフォンに残されていたショートメッセージで分かり始めていた。

『市岡守琉と会うなら、二人とも殺すよ』

差出人は北垣武信という男だった。

奴は香苗に対して執拗に問い詰めて、兄妹であるという香苗の言葉も信じず、恋人に違いないと思い込んでいた。

写真を引き裂いたのも北垣の仕業だろう。

香苗はそれを拾い集めて修復したのだ。

ショートメッセージでは北垣が、香苗に行き過ぎた好意を寄せる危険な男に思えた。

一方で、香苗はそれを嫌っている風ではあるが、激しく拒絶しているようにも感じられなかった。

北垣からの問いかけにも、無視せず真面目に答えていたからだ。

――香苗は以前に北垣とつき合っていたのか？

――別れた後も男につきまとわれていたのか？

――現在も恋人同士だが、嫉妬深い男には信じてもらえなかったのか？

頭の中で香苗の死体を思い返す。

美人に見えたが派手な容姿はしておらず、大人しそうな印象を抱いていた。

しかし見た目だけで恋愛事情までは分からない。

自分の妹なら、真面目で誠実な女に違いないと言えるはずもない。

むしろ同じ境遇だったとしたら、不良に落ちる可能性のほうが高いだろう。

父がなく、女手ひとつの家で育ったとしたら……

――違う、『お父さん』だ！

北垣はショートメッセージで『お父さん』と名乗っていた。

同じく北垣と香苗が『お母さん』と呼ぶ人物も登場していた。
自分と同じ父を持つはずの香苗には両親がいた。
――母の再婚相手か！
北垣武信は現在、母の夫であり、香苗の父なのだ。
だから、香苗は逃げられなかったのか。
義理とはいえ父だから、嫌でも逆らえなかったのか。
――しかし、一九歳の女が、そんなことで縛られるだろうか？
実父にも会っていた彼女が、そんな関係に捕らわれるとは思えない。
嫌がらせを受け、殺される予感があれば、警察にでも駆け込めたはずだ。
それよりも前に、母にも相談できたはずだ。
――そうか、母だ！
逃げられず、抵抗できなかったのは、母がいたからだ。
香苗は、母を守ろうとしたに違いない。
――だから、解決できるのは、俺しかいないと信じたのか！
その時、ポケットのスマートフォンが着信に震えた。

突然、近くで呼びかけられたかのように、自然と肩が持ち上がる。

見える景色に変化はなく、雨は降り続け、自動車と通行人が左右に行き交っていた。

バイブレーションの振動を感じたのは、わずかな時間だった。

たった二回の波、数秒間の呼び出しだった。

異常事態だと即座に気づいた。

今まで電話がかかってくる未来は体験していなかったからだ。

ポケットからスマートフォンを取り出して液晶画面を確認する。

表示されたのは先ほど覚えたばかりの電話番号――水尾香苗からの着信履歴が残されていた。

ついに生きている香苗と連絡が取れた。

しかしなぜか、こちらが取る間もなく電話は切られていた。

すぐさま画面をタップしてリダイヤルする。

左の耳元で着信音が鳴り響く、一回、二回、三回、香苗は電話を取ってくれない。

八回、九回、一〇回、電話は自動的に留守番電話へと転送された。

――どうして、電話に出てくれない？

一度電話を切って、さらにリダイヤルする。

知らない電話番号を警戒しているのかもしれない。

先ほどは二回だけ呼び出してみたが、思い直して切ったのかもしれない。
――そうであって欲しい。
それなら、少なくとも香苗はまだ無事だと分かるからだ。

右の耳に、ガラガラとシャッターの引く音が聞こえた。
再び留守番電話へと転送された電話を切って、そのまま顔を固めていた。
――何の音だ？
振り返って見るが、ホールには誰もいない。
遠くの音が、背後のエントランスホールに反響したような感じだった。
どこかで聞いた音だった。
もう何も聞こえない。
しかし、確かに馴染みのある音だった。
誘われるようにマンションへと戻り、一歩一歩、記憶を辿るように引き返す。
エレベーターの音ではない。
家のドアが閉まる音でもない。
郵便受けの開ける音。
中庭の木々が揺れる音。

人の足音。
自動車の音……
――そうだ、自動車の音！　自動車のある、駐車場で聞く音だ！
中庭とエレベーターとの脇の通路を走って、マンションの裏手へと向かう。
そこには住人用の立体駐車場とゴミ置き場が設けられていた。
ゴミ置き場はマンションの壁面に沿って建てられた、コンクリートの小部屋だ。
その入口は焦げ茶色をしたアルミの引き戸になっていた。
降りしきる雨の中、周囲を確認するように歩いてゴミ置き場へと近づく。
聞こえたのは、この引き戸を開けるか閉めるかする音だ。
しかし日曜日の今日はゴミを出す日ではない。
清掃員が来る日でもなかった。
今、引き戸はしっかりと閉じられている。
外部のゴミ収集業者が入るので、鍵は普段から掛かっていなかった。
しばらく立ち止まっていたが、中からは何の音も聞こえてはこない。
きっと住人が開けてゴミを出したか、子どもが悪戯（いたずら）で開けただけだろう。

こうしている間にも、香苗が正面玄関からマンションへと入って来るかもしれない。反対の方角にあるこの場所からは、どうやってもそちらを窺うことはできない。あるいは今、この瞬間にも、香苗はどこかで追いかけられているかもしれない。ためらっている暇は一秒もないはずだった。

息を止めて、引き戸を一気に開いた。
コンクリートの壁に囲まれた薄暗いゴミ置き場には、生ゴミ特有の刺激臭が漂っている。
部屋には巨大なダストボックスと、分別ゴミ用のコンテナがいくつも並んでいる。右手には清掃用具や備品などを入れておくロッカーが立ち並び、その奥は雑多な物置になっていた。

目の前には、香苗が仰向けになって冷たい床に倒れていた。

27

叫び声を上げそうになった口を閉じて、強く歯を食い縛る。

急に重くなった足を動かして、動かない彼女に近づいた。

香苗は呆然とした表情で、暗い天井を見上げている。

首に絞められた痕はなく、体からも出血していない。

手足を力なく投げ出しており、見える範囲では何の傷も見つからなかった。


しかし、頭の後ろから流れ出た血が、灰色の床に赤い溜まりを作っていた。


香苗の側に跪(ひざまず)いて、細い右手をそっと掴む。

コンクリートの床に触れていたせいか、既に冷たくなっていた。

後頭部を見るのが恐ろしくて、体を持ち上げる気持ちになれない。

そんなことをしなくても、もう死んでいるのは明らかだった。

香苗は口を半開きにさせて、遠いところを見つめている。

白く儚(はかな)げで、ほっそりとした顔立ちは、自分に似ているとは思えなかったが、どこかで見たことがあるような親近感を覚えた。

それが、妹と知ったせいか、単に何度も死体と対面しているせいか。
ただ、もう他人とは思えなかった。

——どうして君は、こんなところで死んでいるんだ？
——まだマンションにも辿り着いていないじゃないか。
——どうやって探し出せって言うんだ？
——どうして電話に出てくれなかったんだ？
——それじゃ見つけられるわけないじゃないか。
——俺に話したいことがあったんじゃないのか？
——助けて欲しいことがあったんじゃないのか？
——何でも言えよ、遠慮なんていらない。
——兄妹なんだろ？
——俺は君の兄貴なんだろ？
——俺に守らせてくれよ、親父の代わりに。
——恐かっただろうな、痛かっただろうな。
——今度こそ、本気で助けるつもりだったんだ。
——見つけられなくて、ごめん。

――死なせてしまって、ごめん。

きつく閉じた唇の奥で、香苗への謝罪を繰り返す。
力ない彼女の右手を握り続けたまま、左の拳で床を何度も殴り付けていた。
どうしてこんな目に遭うのか。
一体何の罪があって、こんな仕打ちを受けるのか。
殺されても、殺されても、香苗は助けを求めてやって来る。
それを自分は、何回も何回も死なせてしまっている。
何のために時間が戻っているんだ。
香苗を助けるためじゃないのか。
こんなに酷い兄はいない。
こんなに可哀想な妹はいなかった。

香苗の側には、彼女のスマートフォンが落ちていた。
死の直前まで掴んでいたのだろう。
拾い上げて画面ロックを解除すると、こちらからの着信が残されていた。
電話履歴には、香苗からこちらへの発信も記録されている。

発信時間二秒。

スマートフォンが落ちているということは、電話をかけた直後に彼女は殺害されたのだろう。

助けを求められた兄は居場所が分からず、馬鹿正直にも電話をかけ直すことしかできなかった。

液晶画面に並ぶアイコンの中に、本の形をした日記のアプリを見つけた。

指で弾いて起動させると、四桁の暗証番号を求める確認画面が表示された。

それにためらうことなく、まるで香苗から教わっていたかのように、四つの数字を入力する。

０２０８、二月八日は香苗の誕生日だった。

パスワードが認証されると、カレンダーが表示される。

日記を書いた日には鉛筆のマークが付いているようだ。

タップするとノートのように罫線(けいせん)が入った背景に、香苗の文章が表示された。

会えないままに死に続ける妹の声を聞くように、香苗の日記を遡った。

28

「もう少し待って、きっともうすぐ、来るはずだから」

公園の広場で水尾香苗は、気を急かした声で北垣に訴えた。

七月初めの金曜日、空は黒い雲に覆われて、湿気がまとわりつく蒸し暑い夜。

広い運動公園の一角にある、遊具広場のベンチに二人はいた。

「こんなところに公園があるなんて、お父さんは知らなかったよ」

北垣はベンチに座ったままぐるりと周囲を見回している。

仕事帰りなので、ネクタイを外した白シャツにスーツのズボンを穿いている。

隣には黒い大型のビジネスバッグを置いていた。

「家からも随分と離れているけど、香苗は来たことがあるのかい？」

「ずっと前に、一度だけ」

「ふうん。香苗にはまだまだお父さんの知らないところが沢山あるんだな」

北垣は目の前で辺りをうろついている香苗を楽しげに眺めている。

不安の色を浮かべた香苗の顔や、汗で貼り付いたシャツの背中や、丸く膨らんだデニムの尻に視線を向けていたが、気もそぞろな香苗が気づく様子もなかった。

「だけど、そろそろ教えてくれないかな。一体お父さんを誰に会わせようとしているんだい？」

「もうすぐ来るから……」

香苗は振り返らずに回答を避ける。

白い外灯が照らす夜の公園は他に人気もなく、闇に紛れた虫の声だけが煽り立てるように騒がしい。

ハンチング帽に丸眼鏡、焦げ茶色の古いスーツを来た市岡新太郎の姿はどこにも見えなかった。

「香苗、日にちか時間を間違えたんじゃない？　電話はかけてみたかい？」

「スマホもケータイも、たぶん持っていないから」

「驚いたな。本当に何者だ？　香苗はどうやって連絡を取っているんだ？」

「ちょっと辺りを見てくる」

香苗はそう言うと公園の周辺を歩き回る。

北垣はベンチに座ったまま目で追いかけるが、その視線は先ほどとは違い睨むように鋭くなっていた。

運動公園は遊具広場の他にも野球場やテニスコートを併設している。

それぞれの施設にも直結した入口はあるが、わざわざ遠回りをしてここへ来るとは思えない。

それでも可能性は捨て切れず、林間の遊歩道から公園の奥へと向かった。

風はなく、むっとするような草いきれが辺りを包み込んでいる。

重みを感じるほどの空気をかき分けて進むと、道の脇にわずかな草むらが見えた。

「ここは……」

香苗は思わずその場に立ち止まる。

元は空き地のひとつだったが、放置されてそのままになっているらしい。

雑草は膝の辺りまで伸び茂り、もはや立ち入ることも困難になっていた。

青色のブランコは鎖が錆(さ)びつき、座板(ざいた)も草に埋もれている。

雲梯(うんてい)にも蔓(つる)が巻き付き、手も差し込めないほどの黒い屋根となっている。

そして奥には小さなジャングルジムが、打ち捨てられた廃墟のように聳(そび)えていた。

「あまり一人で歩き回ると危ないよ」

足音とともに背後から北垣が声をかける。

それでも香苗は振り返らず、草むらに目を向けたまま立ち尽くしていた。

外灯に照らされた、五段組のジャングルジム。

緑色の塗装も至るところで剥(は)げ落ちて、錆びた金属がむき出しになっている。

地上からの一段目は、肌を切りそうな雑草に覆われて、子どもは近づくことすらできそうにない。

もう誰も遊ぶことなく、ただ朽ちてゆくだけの姿。

それはまるで、幼少期の思い出に残酷な現実を突き付けているようにも見えた。

「何だ？　放ったらかしの公園か？　こんなところ人がいるわけないよ」

「うん。もう、誰もいない……」

香苗は眼前のジャングルジムに向かってつぶやく。

待ち合わせの時刻はもうかなり過ぎていた。

「それで香苗、誰がここへ来るはずだったんだい？」

「……お父さん」

「え？　お父さんならここにいるじゃないか」

「北垣さんじゃなくて、私の本当のお父さん」

香苗の返答に北垣は一瞬顔を強張らせる。

やがて肩が下がるほど大きく溜息をつくと、呆れ顔で香苗の隣に立った。

「誰が来るのかと思ったら……参ったな」

「家の電話にも出ない。もう出かけたのかな」

香苗はスマートフォンを耳にあてて眉を寄せる。

「……もしかして近くまで来ているかも。ちょっと見てくる」

「ちょっと待ちなさい」

「ここにいて。私、家も知っているから……」

「やめるんだ、香苗。その人に迷惑をかけるんじゃない！」

北垣は駆け出そうとする香苗の腕を掴む。

香苗は不思議そうな顔で振り返った。

「迷惑？　私が？」

「落ち着きなさい、香苗。あまり無茶なことを言うもんじゃないよ」

「無茶？」

「そう、無茶だ。どういうつもりか知らないけど、昔の父親が僕に会いたがるはずがないだろ」

「でも、私のことを心配してくれて、話をつけてやるって」

「一体何の話をつけるんだ？　まあいい、でもそれは建前だよ。分かった分かった、俺が何とかしてやるって口だけだよ。本気にしちゃいけない。香苗の話ははぐらかされたんだ」

「お父さんはそんなことしない！　いつも私の話を真剣に聞いてくれるから」

「それは香苗が、血の繋がった本当の娘だからだよ。離婚しても、親権を放棄しても、父親としての負い目は付きまとう。君には悪いことをしたと思っているんだよ」

　北垣は香苗が足を止めても、ずっと腕を掴み続けていた。

「だから、たとえ無関係になっても邪険には扱えない。会って話を聞くくらいはするさ。でも香苗はそれに甘えちゃいけない。今のお父さんに会えだなんて、さすがに無茶だよ。僕だって、そんな人と何を話せばいいのか分からないよ」

「違う。会うと言ってくれたのはお父さんのほうだから」

「言わなくても、そう仕向けたんだよ。でないとそんな話にはならない」

「今日、この時間に会おうと言ったのもお父さんだよ。私が勝手に決めたんじゃない」

「いい加減にしなさい。その結果が、これなんだよ」

　北垣は低い声で諭すように話す。

　夜の公園には、手を繋ぐ北垣と香苗の他には誰もいない。

　虫の声も途切れて、生温い風がざわざわと木々を揺らしていた。

「約束をしたのに会いに来ない。その意味は香苗にだって分かるだろ？　面と向かって迷惑とは言えないから、こういう態度で示すしかないと思ったんだよ」

「そんなことない、きっと何かあったから……」

「困った子だね。お父さんはここにいるのに、そんな奴を頼ろうとするからこんな目に遭うんだよ」

北垣は香苗の腕を解いて、代わりにその肩を抱く。

香苗はうつむいたまま、黙って父に身を預けていた。

「でも、そいつも来なくて正解だよ。お父さんもこれを使わなくて済んだからね」

北垣は香苗を抱いたまま、肩に掛けたビジネスバッグの中を探る。

巨大な金属製のハンマーが、ちらりと頭を覗かせていた。

「何、それ……」

「護身用だよ。香苗におかしなことを吹き込む奴の頭に、がーんと食らわせるつもりだった」

「嘘、だよね？」

「嘘？」

北垣は娘の言葉を反芻して、含み笑いを漏らす。

香苗はその態度に息を呑み、やがて小さく震えだした。

「だから、来なくて良かったんだよ。そいつも死なずに済んだし、お父さんも人殺しにならずに済んだ。香苗も悲しい思いをせずに済んで、みんな無事に終わった。これで良かったんだよ」

「うん……」

「香苗もこれに懲りたら、あまり無茶な真似はするんじゃないよ。お父さんはいつも見ているからね」

　北垣は娘を背後から抱き締めて耳元で囁く。

「この話、お母さんは知っているのかい？　香苗がそんな奴に会っているって」

　香苗は小刻みに震えながら首を横に振る。

「そう……お母さんが知ったら悲しむだろうな。香苗が別れた夫と内緒で会っていて、しかも僕と会わせようとしていたなんて。裏切られたと思うかもしれないね」

「やめて……」

「お母さんは僕に言っていたよ。香苗はたった一人の味方なのって。わがままで気性の激しい私について来てくれる。この子だけは私に嘘を吐かない。だから私もこの子が悲しむようなことはしたくない。私の一番大切な娘なのって」

「違う！　そんなんじゃない！　離してよ！」

　香苗は強く首を振って北垣から逃れようとするが、北垣に強く抱き締められ、身動きが取れない。

「大丈夫、内緒にしておくよ。香苗の気持ちも分かるし、お母さんの気持ちも分かる。だから今日のことはお父さん一人の胸の中に留めておく。絶対に言わないから、香苗も今まで通りお母さんと付き合っていけばいいんだよ」

「いや……」

「二人だけの秘密だ。香苗は何もしていないし、お父さんは何も知らない。黙っておけばお母さんも安心できる。家族の幸せのためにはそういう配慮もいるんだよ」

北垣は汗ばんだ大きな手で香苗の体を撫で回す。

もはや抵抗する気力もなく、香苗はただ唇を血が滲むほど噛みしめていた。

涙でぼやけた暗い瞳には、白い明かりに照らされた廃墟のジャングルジムが映っていた。

29

――一月一三日――

二年ぶりに、久しぶりに、お父さんに会った。

いつもの喫茶店の、いつもの席で、お父さんも相変わらず。

口数は少ないけれど、優しくて、私の心配ばかりしてくれる。

何も言わなくても気づいてくれる、本当のお父さんだから分かるんだ。

しかもしかも、今日はついに、守琉さんの写真までもらった。
お父さんありがとう、約束を覚えてくれていたんだね。
でも守琉さん、正面じゃなくて隠し撮りをされたみたいね。
ビシッとポーズを決めてくれたら良かったのに、恥ずかしかったのかな?
学生服を着ていたから、きっと何年も前のものだろう。
住所もお父さんが住んでいる家とは違うようだ。
お兄さんはもう就職して、一人暮らしをしているのかも。
写真で見るお兄さんは、あまり私には似ていない。
やっぱりお父さんに似て、カッコ良くて頼もしそうに見えるよ。
昔と同じように。
お兄さん、あの日のことを覚えているかな?
いつか会って話がしたい。
私とお兄さんだけじゃなく、お父さんもお母さんも、四人みんなで。
今日のお父さん、前と比べて痩せて小さくなった気がした。
私には言わなかったけど、どこか体の調子が良くないのかも。
お父さん、どうか体に気をつけて。
お兄さん、どうかお父さんを大切にしてください。

―　二月一五日　―


せっかく遊びに出かけたのに、今日はストーカーを見かけて気分が悪かった。

前から見覚えのある、例の緑色のジャンパーの男だ。

フルトピアの店で靴を買っている時も、ケーキを食べている時も見かけた。

絶対に偶然じゃない。私の後をつけている。

一体何がしたいのか、どうして私につきまとうのか。

帰りの電車でも見かけた時はぞっとした。

お陰で後ろから声をかけてきた北垣さんも無視してしまった。

それで北垣さんに相談したら、捕まえてやると言ってくれた。

気持ちは嬉しいけど、大丈夫だろうか。

私のせいで危ない目に遭わないか心配だ。

北垣さんは、いつも凄く私に関わろうとしてくる。

きっとお父さんの代わりになろうとしてくれているのだろう。

だから私も精一杯、娘らしく振る舞おうとしたり、「お父さん」と呼んではいるけど、やっぱりどこかお互いにぎこちない感じだ。

仕方ない、本当のお父さんじゃないんだから。

北垣さんは今までのお父さんたちと違って、優しくて、真面目な人だと思う。

お母さんもいい人に巡り会えて本当に良かった。

ただちょっと、娘への愛が重すぎる。

これが本当の親子だったら、お互いにもっと無関心で、文句や小言の応酬もするのだろうけど、私たちはそうもいかない。

無関心ではいられず、でも簡単な不満や文句が凄く言い辛い。

どうしてだろう、親子って難しい。

北垣さんはいい人だから嫌いにならないし、気を遣ってくれなくていい。

私に気を遣う分、お母さんを愛してくれたほうが嬉しい。

私の気持ちは、ただそれだけなのに。


―　三月九日　―


今日は、またお母さんを悲しませてしまった。

短大の帰りに友達と遊ぶ約束をしていたのに、家に帰ってきなさいと言われた。

それで思わず私も、ムキになって反論してしまった。

お陰で友達にも断って、急いで帰って謝る羽目になった。

お母さんは感情的になると、何をするか分からない。

物を壊すくらいならいいけど、外でトラブルを起こしたり、自分を傷つけたりするから放っておけない。

幸いにも、私が帰ってくる頃にはもう機嫌も良くなっていた。

北垣さんもすぐに帰って来たので安心した。

私はもう大人だし、やりたいことも沢山ある。

だからお母さんも遠慮なく、北垣さんと仲良く過ごしてくれたらいい。

私はそういう気持ちなのに、お母さんにはどうしても分かってもらえない。

まるで自分が捨てられると思いパニックになってしまったようだ。

私がストーカーの被害を受けていると知って、もっと心配になったのだろう。

北垣さん、お母さんには内緒にしてくれるって言ったのに。

仕方ない、私が黙っていたのが悪いんだね。

困ったお母さん。

わがままで、やきもち妬きで、寂しがり屋で、危なっかしい人。

だけど、いつも私のために頑張ってくれている、優しくて可愛い人。

お父さんが何度変わっても、私のお母さんは、お母さんだけ。

ずっと二人で生きてきたんだもんね。

お母さんが私の幸せを願ってくれているように、私もお母さんの幸せを願っている。

だから放っておけない、ずっと一緒だよ。

——四月二一日——


東京の会社へ就職をしたいと言ったら、お母さんと北垣さんに反対された。

一人暮らしは危ないから、一緒に暮らしたほうが安心だからって。

それは私も分かるけど、そうも言っていられない。

都会に出たほうが仕事の幅も広がるし、チャンスも増えると思うのに。

家出をするんじゃない、これは人生のステップアップだ。

それなのに、どうしても認めてくれない。

どうしてだろう？　最近、お母さんから過保護にされている。

今までは割と放っておかれていたのに、ここへ来てなぜか私に厳しい。

しかも何だか、北垣さんがそう仕向けているように思える。

お母さんは、北垣さんに逆らいたくないから、私を引き留めている気がする。

なぜだろう、北垣さんは何を考えているんだろう。

ストーカーを捕まえたと聞いた時は、頼もしいお父さんができて良かったと思ったのに。

そのせいで、かえって心配させてしまったのかな。

でも、私もこればっかりは譲れない。

外は危ないから、家から通える場所で働けなんて、お姫さまじゃあるまいし。

もう一度相談してみて、それでも反対されたら、どうしよう。

お母さんと喧嘩なんてしたくない。

先に北垣さんを説得すべきだろうか。

でも、なぜかは分からないけど、何だか恐い。

どうしちゃったんだろう、何か変だ。


―　五月一二日　―

北垣さんが、おかしい。

部屋にカメラを仕掛けて、私を監視していた。

しかも、あのストーカーが着ていた服を持っていて、盗まれたはずの下着まで保管していた。

どういうこと？　何をしているの？

北垣さんはもっともらしい説明をしていたけど、全然納得できなかった。

本当に、全部北垣さんの仕業だったの？

北垣さんがストーカーで、下着泥棒だったの？

今までのことは全部嘘だったの？

だから私を家から出さないようにしていたの？

そう考えていると、急に北垣さんが恐い人に見えてくる。

あの人はもう、お父さんじゃない。

でも、こんなことお母さんには話せない。

言えばきっとショックを受けて、大変なことになる。

それに私が黙っていれば、北垣さんもお母さんと仲良くしてくれる。

短大の学費も払ってくれるし、嘘でも普通の家族を演じてくれる。

だけど、私はもう家にはいられない。

部屋を監視して、後をつけてきて、下着を盗んで、やけに体を触ってくる人とは暮らせない。

お母さんにも嘘をつきたくない。

どうしよう？　どうすればいいの？


—　六月二八日　—

北垣さんのことを、お父さんに相談した。

今日、思いあまって連絡もせずに、いきなりお父さんの家に行った。

お父さん、私の話をみんな受け入れて、私よりもずっと本気で怒ってくれた。
やっぱりこの人が私のお父さんだ。
離れていても、ほとんど会えなくても、誰よりも私の味方でいてくれる。
でも今すぐに行くと言ったから、慌てて止めた。
気持ちは嬉しいけど、今日はまだ段取りがつかない。
それに、お父さんも凄く体調が悪そうだった。
今年の初めに会った時よりも、もっと痩せて顔色もなんだか濁っていた。
私には話してくれないけど、何かの病気なのかもしれない。
その原因は、たぶんお酒だろう。
今日初めて、お父さんがお酒を飲んでいるのを見た。
まるで毒を飲んでいるみたいに見えた。
大丈夫なのかな?
守琉さんは何も言わないのかな?
お父さん、守琉さんとはもうあまり会っていないみたい。
仲が悪いみたいだけど、何かあったのかな?
やっぱり、そのうち守琉さんにも会いたい。
たった一人のお兄さんだから、やっぱり会って話がしたい。

お父さんのことも気になるし、守琉さんもお母さんに会いたいかもしれない。
守琉さんは嫌がるかな?
そんなことないよね。
お父さんも立派で優しい奴だって言っていたし。
よし、絶対に会いに行こう。
待っててね、お兄さん。

――七月五日――
お父さんは、来てくれなかった。
あんなに怒ってくれていたのに、あんなに約束していたのに。
信じていたのに、どうして来てくれなかったの?
やっぱり、北垣さんの言う通り、迷惑だったのかな?
実の娘の話だから、嫌々ながら話につき合ってくれていたのかな?
そうかもしれない。
お父さん、優しい人だから。
私はそれを真に受けて、甘えていただけかも。
ごめんなさい、お父さん。

今までありがとう、お父さん。
もう北垣さんの好きなようにさせよう。
何も死ぬわけじゃない。
私がちょっと我慢して、全部内緒にしていれば、みんなうまくいくから。
それでお母さんも幸せになるなら。家もお金に困らなくなるなら。
お母さんも今まで私のために頑張ってくれたのだから、私もちょっとくらい辛くても。

嫌だ嫌だ嫌だ嫌だ嫌だ嫌だ嫌だ嫌だ。

助けて。

30

市岡守琉は暗いゴミ置き場の中でスマートフォンを握り絞めて、香苗の日記を何度も読み返していた。

手の震えが液晶画面を揺らしている。

衝撃的な告白への驚きと、不憫な妹への悲しみに、頭も体も激しく動揺していた。

——何も、知らなかった。

妹のことも、母のことも、そして、父のことも、何一つ知らなかった。

——俺は今まで、何をしていたんだ？

何を見て、何を思って、何に刃向かって、何のために生きてきたのだ。


スマートフォンから目を離すと、床に倒れて、宙を見つめる香苗の虚ろな顔が見える。

彼女は絶望の中、唯一の希望を求めて、ここへとやって来た。

七月五日、一昨日に、それまで励ましてくれていた父に裏切られたから。

——いや、裏切ったんじゃない！

その日、父はもう病院のベッドに寝かされていた。

前日に居酒屋で倒れた父は、翌日に目を覚ましたあと、すぐ家に帰ろうとして看護師たちを困らせていた。

しかし結局は体力が尽きて病室からは出られなかった。


――早く行かないと、間に合わなくなる。


突然、頭の中で父の声が響く。

実はほんの小一時間前に聞いた、苦しそうにつぶやく父の寝言。

あれは夢ではなかった。

果たせなかった、娘との約束だったのだ。

どうして気づかなかったのだろう。

なぜもっと真剣に聞かなかったのだろう。

あの時、父を叩き起こしてでも話を聞き出していれば、この事態を防げたかもしれないのに。

残酷な三〇分間を繰り返すことなく、香苗を救えたかもしれないのに。

こんな兄を頼って来てくれて、何回も殺されてしまう妹。

彼女のお陰で、家族全員が……

その瞬間、背後に巨大な気配を感じて振り返る。

キャップを被った男が、いきなり金属のハンマーをこちらに向かって振るった。

反射的に頭を引くと、代わりに右手が弾き飛ばされる。

香苗のスマートフォンが直撃を受けて粉々に砕け散った。


香苗を殺した犯人が、北垣武信が、入口の引き戸を背にしてすぐ近くまで迫っていた。

突然現れたのではない。

どこかへ逃げたのではなく、このゴミ置き場の中で息を潜めて隠れていたのだ。

北垣は例の宅配業者の格好で、血の付いたハンマーを手にこちらを睨みつけている。

陰影の濃い顔から冷酷な眼差しを向けている。

鬼気(きき)迫る表情に、怒りよりも殺される恐怖で体が震えた。

――こいつは、俺を知っている。

香苗に殺すと宣言した、市岡守琉だと既に気づいていた。

北垣が手にするハンマーは、片手で持てる物だが、柄(え)が長く、不釣り合いなほど大きな頭が付いている。

――こんな物で香苗の後頭部を潰したのか！
北垣は無言のまま歩を詰めてハンマーを振り下ろす。
咄嗟に両腕を伸ばし、肘を曲げて顔と頭部を隠した。
左の前腕が重い衝撃を受けて痺れ、声にならない呻き声が漏れた。
ちぎれたかと錯覚するほどの痛みとともに、左手の感覚がなくなる。
北垣はためらいもなく再びハンマーを振り上げる。
その間に、思い切って懐に飛び込み背後に回った。
そして引き戸を開けて駐車場へと飛び出す。
同時に、右肩に一撃を食らって、雨の地面になぎ倒された。
北垣は無言のまま、飛び掛かってくる。
その体を足で蹴り離すと、振り回したハンマーが空を切った。
――香苗はこんな男と同居していたのか。
恐怖に駆られて立ち上がり、駐車場から路上へと逃げる。
だが思い直して、マンションのほうへと引き返した。
――殺されるわけにはいかない。
――しかし逃げるわけにもいかない。
――こんな奴に負けるわけにはいかない。

北垣は顔をうつむかせて早足で追いかけて来る。
エントランスホールで突進をかわして、そのままエレベーターに飛び込んだ。
――このままでは終われない。
もう一度だけ、時間を戻さなければならない。
右手の操作盤から『6』と表示されたボタンを連打する。
間一髪で北垣の追撃を逃れてドアが閉まった。

次の瞬間、投げつけられたハンマーがドアのガラス窓を突き破り、側頭部をかすめた。
しかしエレベーターは止まることなく作動し、一階に北垣を残したまま上昇を始めた。
頭の左側から血が流れ始めるのを感じつつ、エレベーターの壁にもたれて息を吐いた。

31

水尾香苗は駅を出ると、その場に立ち止まって辺りを見回した。

七月七日の日曜日。今にも雨が降り出しそうな、薄灰色の午後三時三〇分だった。

目の前には広いバスターミナルとタクシーの待機所があり、その向こうにはデパートやショッピングビルが建ち並んでいる。

他にも飲食店が軒(のき)を連ねて、アーケード付きの商店街の入口が見えていた。

ありきたりな駅前の風景。

香苗はそれを一つ一つ確認すると、ようやく向かう先を見つけて歩き始めた。

昨日の深夜、香苗はついに北垣の恐ろしさを知った。

夜中にふと物音を聞いて布団で目を覚ますと、部屋に北垣が入り込んでいた。

ノックもせずに入ったどころではない。部屋は内側から鍵を掛けていた。

しかし、所詮は簡易に取り付けられた室内扉の鍵だ。

外側から解錠するのも簡単だった。

北垣は香苗が目覚めたことに気づくと、無言のままじりじりと近づいてくる。

咄嗟に起き上がったが逃げられるはずもなく、手を掴まれて取り押さえられた。

声を上げたが家には誰もいない。

体を捩ってもがき、足で蹴りつけたが、全く動かない。

北垣の汗ばんだ手がパジャマの中で動き回る。

耐え難い口臭とともに、舌が首筋を汚した。

しかし、ちょうどその時、玄関のドアが開いて母の帰宅する音が聞こえた。

北垣はそれに気づくと、香苗に馬乗りになって口を塞いだ。

そして、まるで獲物を押さえ込んだ獣のように、ぎょろりとした大きな目で見下ろした。

——声を上げたら、お前も母も殺す。

口に出さなくても、そう命令されたと分かった。

香苗は抵抗を止めると、北垣はその場を離れて母の元へと向かう。

母の身が心配だったが、やがてリビングから普段通りの会話が聞こえて、控え目な笑い声も耳に届いた。

香苗は部屋のドアを閉めると再び鍵を掛ける。

しかし安心できるはずもなく、ドアに背を預けたまま胸を押さえて震え続けていた。

机の上では、たった一枚しかない兄の写真がビリビリに破り捨てられていた。

町を歩いていた香苗は、ふと何かの気配を感じて振り返る。

しかしそこに知った顔はなく、特に変わった様子も見られなかった。

車道では自動車が列を作り、時折バイクや自転車が通り過ぎて行く。

歩道では休日のせいかカップルや親子連れが特に目立ち、それに紛れて仕事中らしいスーツ姿の男や、どこにでも見かける宅配業者の配達員がいるばかりだった。

顔を戻して再び歩き始める。

今日は朝から家事を済ませて、昼まで部屋で過ごしたあと、短大の女友達と遊びに行くというメモを残して家を出てきた。

夕食はどこかで食べてきます、夜遅くなる前に帰ってきますと書き添えておいた。

北垣は早朝からどこかへ出かけたらしく、もう家にはいなかった。

一体どこで何をしているのか、休日でも一日中出かけていることも多い。

母はいつも通り寝室で眠っており、覗いてみたが起きる気配もなかったので、そのままにしておいた。

今日も夜から仕事があるので、もうそろそろ起きている頃だろう。

まるで観光地にでも来たように、町のあちこちに目を向けながら足を進めていく。

初めて見る風景が珍しく、またこの町で暮らす人々の様子なども思い浮かべていた。

家からは遠く離れているが、何の変哲もない町。

しかし香苗にとっては、いつか来ようと思っていた、特別な町だった。

右手前方の遠く、重い曇り空の下に、青白い尖塔が見える。

周囲の建物より一際高く屹立するさまは、まるでそこが目的地だと自ら主張しているようにも見えた。

道を間違えていないと分かり、香苗はわずかに頬を緩ませる。

市岡守琉は、あのマンションに住んでいるはずだった。

32

子どもの頃は、大きくなると、大人になると思っていた。

体が大きくなるように、頭の中や胸の奥の何かが変わって、大人になると思っていた。

でも、そのうちに、そうではないと分かってきた。

大人もつまらないことで悩み、迷い、惑わされて、失敗する。

子どもと何も変わらないと実感する。

そして大人は、文字通りに大きな人でしかないと気づいた。


同じような意味で、家族というのもそうだった。

ひとつの家に入っている集団は、家族と呼ばれる。

共に信頼し、支え合い、力を合わせて、助け合うとされていた。

でも、そのうちに、そうではないと分かってきた。

血の繋がりがあろうとなかろうと、思考や感情が合うとは限らない。

いがみ合い、軽蔑し合い、嫌い合い、争うこともある。

そして家族も、他人同士の集まりでしかないと気づいた。


大人とは人間の理想であり、家族とは繋がりの理想だと思う。

こうあるべきではなく、こうありたいと目指すべきものだ。

だから、型にはめ込まれただけの大人や家族は、中途半端なものになる。

理想と現実を履(は)き違えて、過度に期待して、押し付け合って、縛り合って、傷つけ合うことにもなる。

プロの大人などいなければ、プロの家族なんてものもない。

自然と上手な人もいれば、どうあっても下手な人もいるのだ。

そして、親よりも子どものほうが大人になることもある。

遠く離れていても、家族の繋がりを感じることもある。

理想を追い求める意思があれば、自然とそうなるだろう。

大人や家族は、ただそれを知るためだけに存在するものだと思う。


市岡守琉は六階へと到着すると、エレベーターを出てすぐに右脇の通路から非常階段へと出る。

そして踊り場で身を隠すように屈(かが)んで壁にもたれた。

時間が遡ったことは、もう確認しなくても分かる。

エレベーター内に落ちていた北垣のハンマーが消えて、割れたドアのガラスも一瞬で修復されたからだ。

しかし全てが元に戻ったわけではない。

ハンマーで殴られた体や、出血した頭が治ることはない。

さらに、繰り返された合計二時間分の疲労も全身に蓄積していた。

非常階段に隠れたのも、住人との遭遇を警戒したからだ。

ボロボロに傷ついた姿を見られると、心配して声をかけてくるかもしれない。

普段ならともかく、今はそんなことに構ってはいられない。

何回となく同じ時間を過ごしていても、まだ何が起きるか分からなかった。


体を丸めて、頭を抱えて、道端の石のようにうずくまる。

――どうすればいい？

――どうすれば香苗を救える？

――どうすれば、あの男に勝てる？

体の震えが止まらない。

北垣の暴力を目の当たりにして、避けられない未来に恐怖を抱く。

時間を戻すことができるのに、優位になるどころか追い詰められる感覚ばかりが募っていく。

また失敗してしまうかもしれない。

香苗を救う前に、もう一度やり直す前に、今度は自分が殺されてしまうかもしれない。

でも、このまま動かなければ、香苗は確実に殺されてしまう。

彼女を見捨てて、自分だけが生き延びる未来など、地獄でしかなかった。
目の前で何度も殺され続ける妹。
香苗も自分と同じくらい、いや、それ以上に不幸な人生を過ごしてきた。
浮気性の母が次々と父親を変えて、ひとつ屋根の下で知らない男たちと暮らしてきた。
思春期の少女にとって、その辛さは耐え難いものだったろう。
それでも香苗は、母を見捨てられず、母のために良い娘でいようとした。
例外として、実の父である市岡新太郎とは内緒で会っていた。
父も娘を心配しており、その時だけは良き父であろうと意識していた。
香苗は父を心の拠り所にできたから、他の男たちとも折り合いを付けられたのだろう。
――お兄さん、あの日のことを覚えているかな？
香苗の日記から思いがけない言葉を目にしていた。
見知らぬ妹、だが彼女はなぜか、自分に会ったことがあるという。
いつ香苗に会ったのだろう。
どうして、そんな大切な日を覚えていないのだろう。
まさか、覚えていないのではなく、忘れようとしたのか？

頭から下ろした両手が、自然と拳を作っていた。

このまま終わらせてはいけない、流れを断ち切らなければならない。

妹が、必ず殺される未来に捕らえられている。

助けられるのは、今の自分だけだ。

もうこんな三〇分は、終わりにしなければならなかった。

33

香苗と北垣は、もうすぐこのマンションへとやって来る。

しかしその場所を見つけることが、どうしてもできなかった。

どれだけ先回りをしても、香苗は殺されてしまう。

どれだけ時間を遡っても未来が変わり、掴んだ手掛かりは両手をすり抜けて犯行は成し遂げられてしまった。

先ほど香苗は、ついにマンションへ到着する前に殺されてしまった。

今度はマンションの裏手にある、駐車場のゴミ置き場だった。

そこへ行くには正面玄関を入ってエントランスホールを通るか、マンション手前の角を曲がって回り込むしかない。

香苗のあとを付けてきた北垣が、正面玄関前にいる自分に気づいて、慌てて曲がり角の向こうへと連れ込んだのだろう。

——でも、何か変だ。

曲がり角の先にマンションの駐車場があり、そこに鍵の掛かっていないゴミ置き場があると、なぜ北垣は知っていたのだろうか。

偶然に発見したとしても、その手際の良さに違和感を覚える。

さらに振り返ると、以前、香苗が家の中で殺されていた際、掛けていたはずのドアの鍵が解錠されていた。

家人に知られずに合鍵を作ることは、決して不可能ではないが、簡単でもない。

確実な鍵を作るには、何度か家の前までやって来て、鍵穴と照合させる必要があるだろう。

そして最初に香苗を目撃したのは、六階の吹き抜けを通過して中庭へと転落する姿だった。

なぜ六階にある家を目指して来た香苗が、それよりも上の階から突き落とされたのか。エレベーターで北垣に乗り込まれて別の階へと連れて行かれたとしても、なぜ北垣はそこで香苗を襲えると知っていたのか。

——もしかして、北垣はこのマンションを知っているのか？

住所しか知らないはずなのに、どうしてマンションの構造に精通しているのだろう。どうして住人に怪しまれることなく何度も訪問して、隙を見て合鍵を作り出せるのだろう。

そう気づいて、ポケットからスマートフォンを取り出すと、専用のアプリから会社のデータベースへとアクセスした。

これは会社から、営業マンのスマートフォンにインストールするよう指示されたアプリだ。出先でも管理物件の住所や間取り、そして空き家状況などを確認できるツールとなっていた。

このマンションも会社が管理する物件のひとつだが、住人でもある守琉は公私混同を避ける意味でも担当からは外されていた。

そのためマンションに住む人間のことや、どの家が空いているかなども詳しくは知らなかった。

しかしデータベースに関しては、担当者でなくても情報を共有できるようになっている。

慣れた操作でこのマンションの物件情報を開示させると、現在の空き家状況が一覧となって表示された。

営業マンが持ち出して使うデータベースなので、住人の氏名を含めて、個人情報までは調べられない。

確認すると、現在、空き家は三件あるようだ。

だが今知りたいのは、最近の入居情報だ。

一覧表を入居日で並び替えると、すぐ先頭の行で目が止まった。

一五階の１５０３号室に、今年の四月二四日から入居している者がいた。

このマンションでそれ以前の入居は、もう一年以上も前になっていた。

香苗の日記によると、彼女が父から写真とそこに書かれている住所を手に入れたのは一月一三日だった。

そして四月二四日と言えば、香苗が家を出て東京で就職したいと両親に訴えて拒否された日から、わずか三日後だった。

——北垣は、同じマンションの住人だったのか！

スマートフォンをポケットにしまって立ち上がると、しばらくその場に留まって辺りを見回し、耳を澄ませた。

誰の視線も感じられず、何の音も聞こえない。

今、この場所に守琉がいることは、まだ誰にも知られていないはずだ。

それを確認すると、足に力を込めて非常階段を一気に駆け上がった。

筋肉が軋み、傷が擦れ、痛みが全身に走る。

それでも休むことなく、全速力で足を動かし続けた。

エレベーターは使えない。

時間が戻ってしまう可能性もあり、自分の存在がマンション中に知れ渡る危険性もあるからだ。

未来が毎回変わる原因は、自分がこの場に存在することだった。

非常階段を上がって一一階まで調べ回っている隙に、香苗は自宅で殺された。

次に上層階と自宅を交互に監視している隙に、香苗は下の階の廊下で殺された。

そしてマンションの正面玄関で待ち構えている隙に、香苗は裏手のゴミ置き場で殺された。

全部、自分のせいだった。

自分が存在している限り、北垣は別の場所で香苗を殺すことになる。

未来を知っているから、それを変えようとする行動が、別の形で不幸を生み出していた。

本当は、未来を変えてはいけなかったのだ。

この非常階段に身を隠して、自力で階段を上がり続けるのはそのためだ。

何も知らなかったあの時と同じように、父のいる病院から帰宅するまで、このマンションにはいなかったことにしなければならない。

市岡守琉がこの場にいなければ、水尾香苗を狙う北垣武信は、どう動くのか。

当然、最初の行動通りに、吹き抜けから中庭へと突き落とすに違いなかった。

雨の降る音が耳に届き始めてしばらく経った頃、一五階の非常階段からマンション内へと飛び込んだ。

エレベーター近くの廊下には、北垣と揉み合う香苗の姿があった。

34

「香苗さん！」

声を上げて駆け寄ると、そのまま北垣に体当たりする。

不意を突かれた北垣はそのまま後ろに転がる。

その隙に香苗を背後に追いやり間に立った。

「やっと、やっと会えた……」

「え、守琉、さん？」

香苗は戸惑いの声を上げる。

そうか、そんな声をしていたのか。

守琉は背中の震えを感じたが、目の前の北垣から目を離さなかった。

「本当に悪かった！　君をこんな目に遭わせて」

「あ、あの人は、その……」

「北垣武信、母さんの再婚相手だろ？」

「お父さんから、聞いていたんですか？」

「親父は何も教えてくれなかった。いや、俺が聞こうとしなかったんだ」

「じゃあ……」

「でも今は、もう全部知っている。だから俺は、君を助けにきたんだ」

振り返らずに答える。

香苗がうなずくのを気配で感じた。

「君は……本当に香苗の兄貴なのか？」

立ち上がった北垣が戸惑った様子で近づいてくる。

配送業者の服を着た、一見真面目そうな男。

穏やかで優しげな声をしているが、もはやそれに騙されるはずもなかった。

「一体どうしたんだい？　危ないじゃないか、いきなりぶつかってくるなんて」

「いきなり殴られなかっただけ良かったと思えよ」

睨みつけたまま即答すると、北垣はその場で足を止める。

男の顔にはまだ柔和な笑みが浮かんでいた。

「いやいや、待ちなさい。君、ちょっと勘違いしているよ」

「どこが？　俺にはあんたが、香苗さんを襲おうとしているようにしか見えなかったぞ」

「違う違う。あのね、僕は北垣って言うんだけど、今は香苗とお母さん、君のお母さんにもなるのかな？　彼女たちと一緒に暮らしているんだよ。つまり、まあお母さんの再婚相手になるんだけど……」

「知ってるよ。それがどうしてここにいるんだ？」

「どうしてって……さっき近くで香苗を見かけてね。何だか思い詰めているように見えたから、心配になって付いて来たんだよ」

「心配なら声をかけて一緒に来ればいいだろ？」

「それはやり過ぎだよ。香苗だって子供じゃないんだから」

「あんたにとってはそうだろうな。子供とは思っていなかっただろうし」

「そうじゃなくて……でもなんだ、ここに兄貴が住んでいたんだね。それならいいんだ。知らなかったよ」

「あんた、１５０３号室を借りていて、それはないだろ。あんたが持っている俺の家の合鍵も返せよ」

　右手を差し出し、顎をしゃくってそう言うと、北垣の顔が強張（こわば）った。

「……まあ、その、何だかお互い誤解しているんじゃないか？」

「誤解しているのは俺たちじゃない。香苗さんだけだ」

「私が……」

　香苗が背後でつぶやく。

答える代わりに、彼女にではなく北垣に向かってうなずいた。

「香苗さん、北垣が君の家に来たのは、母さんのためじゃない。こいつはおそらく、最初から君を手に入れるつもりだったんだろう。そのために母さんと再婚して家に上がり込んで来たんだよ」

「おいおい、君は何を言ってるんだ？」

北垣が目を大きくさせて首を振る。

真相に気づくとその態度も白々しいものにしか見えなかった。

「兄貴だからって、おかしなことを言わないでくれ。うちの何を知っているんだ？」

「全部知っているって言っただろ。あんたが香苗さんに何をしたのかもな。親父のいない香苗さんを騙して、母さんを人質にして逃げられないようにしたんだろ？　そして香苗さんが持っていた俺の写真を勝手に見つけて、彼氏ができたと勘違いして怒り狂った。だからあんたは、このマンションに家を借りて、俺の行動と香苗さんとの接触を監視していた。もし俺たちが会うことになれば、二人とも殺すつもりだったんだ」

「いい加減にしろ！　僕が香苗を殺すわけないだろ！」

「嘘つけ。今ここから突き落とすつもりだったんだろ？　それとも首を絞めて窒息させる気だったのか？　持って来たハンマーで頭を叩き割ろうとしたのか？　はっきりと分かっているのは、あんたがどういう状況になっても香苗さんを殺すつもりだってことだ！」

ためらいなく北垣に向かって言い放つ。

思惑を見破られた彼は狼狽の色をありありと浮かべていた。

これは作戦だ。

未来を見てから行動すると、必ず裏目に出る。

それを逆手にとって、相手の行動を先に告げて思い留まらせるつもりだった。

香苗が背中に寄り添うのを感じる。

彼女もまさか自分が殺されるとまでは思っていなかっただろう。

「なぁ、もういいだろ、北垣。俺は別にあんたを責める気はないんだ」

「わ、わけの分からないことばかり言って……」

「聞いてくれ。今のままなら家族の諍いで済むんだ。あんたはまだ何もしていないんだから」

「会ってもいない兄貴の癖に、偉そうにするんじゃない！」

「今ならまだ間に合うんだ。未来は変えられるんだ。ここで手を引いて、香苗さんと母さんから離れてくれ。もう俺たちには構わないでくれ！」

「うるせぇぞ！　ガキが、調子に乗ってんじゃねぇ！」

突然、北垣は声を上げて激昂した。

「せっかくここまで来たんだぞ！　一年以上もババァの相手をして、やっと家まで上がり込んだんだ！　もうすぐ香苗が手に入るっていうのに、いきなり出て来た兄貴が邪魔しやがって！」

北垣はそう叫ぶと一気に廊下を突進する。

「やめろ！　北垣！」

「もういい！　てめぇら二人とも、ぶっ殺してやる！」

香苗を下がらせて北垣の前に立ち塞がる。

武器もなく、体も疲れ切っている。

しかし、一度争った経験があったので、北垣の動きは読み取れた。

拳が出るタイミングも、足が出る間合いも寸前で避けられる。

そして北垣が右手をポケットに入れた時、慌ててその手を目がけて左足で蹴りつけた。

果たして、彼は手にしたハンマーを床に落とした。

このまま近づいて押し倒すか。

一歩、間合いを詰めると、北垣は左手を自身の背後に回した。

――香苗は腹を刃物で突かれ殺されていた。

その瞬間、身を引くと同時に、繰り出された北垣の左手を掴む。

目の前までナイフの先端が迫っていた。

間一髪だった。

もう一つ、武器を隠し持っていたことを忘れていた。

未来を見ていなければ確実に刺されていた。

「ふざけんな！」

勢いに任せて北垣の左腕を両手で掴むと、そのまま体を捻(ひね)って投げ飛ばす。

華麗には決められなかったが、それでも北垣の背を床に落とした。

ナイフをもぎ取って構えるが、もがく北垣の足に蹴飛ばされる。

北垣はその足で立ち上がると、突然背を向けて廊下を走り出した。

そしてエレベーターの右脇にある非常階段から階下へと逃げ去った。

「おい、待てよ！」

「守琉さん！」

床から起き上がるなり背後から香苗に抱き留められる。

思わず追うのを止めると、もうそれ以上は動けなくなってしまった。

35

非常階段を駆け下りる北垣の足音は遠ざかり、すぐに聞こえなくなった。

放っておいてもいいだろうかと不安になったが、もう追いかける力も、追いつける自信もなかった。

「守琉さん、大丈夫ですか？」

背中に香苗の声が響く。

「平気だ。どこもやられていないから」

乱れた呼吸を整えつつ応える。

とはいえ、体は内も外も傷だらけになっていた。

抱き締められていた手を解いて振り返る。

やっと、生きたままの香苗と対面できた。

「良かった。本当に良かった。生きていて……」

「助けていただきありがとうございます。私、びっくりしました」

香苗は戸惑いつつ、遠慮がちに礼を述べる。

彼女の態度がいささか淡泊(たんぱく)なのは、未来を知らないからだろう。

四度、その死に直面したこちらとは感動の重みも違うはずだ。

「マンションに着いて、一階でエレベーターに乗ろうとした時に、いきなりあの人が出てきたんです。それで、声を上げたら殺すと言われて、無理矢理ここまで連れて来られました」

「とんでもない奴だな。さっきも言ったけど、あいつはこの階に部屋を借りている。そこへ君を連れ込むつもりだったんだろう」

「あんなに恐い人だなんて……」

「俺の写真を破かれた時に気づくべきだったな。ここの住所を知っているなら、先回りして待ち伏せされているかもしれないって」

「どうして、写真が破かれたことまで知っているんですか？　お父さんにも話していないのに。というか、破かれたのは昨日の夜なんですけど」

香苗は不思議そうな顔で尋ねる。

そうか、昨日の出来事だったのか。

頭の中で過去と現在と未来が交通渋滞を起こしている。

うまい言い訳を思いつかず、ガラス柵の欄干(らんかん)に背を預けて苦笑した。

「そんなことより、香苗さんに言っておきたいことがある。親父のことだ」

「お父さん？」

「親父、三日前から入院しているんだ。酒で肝臓をやられて、一時は意識も失っていた」

「そんな！　大丈夫なんですか？」

「今は落ち着いている。でも言いたいのはそれじゃない。一昨日、親父は君と会う約束をしていたんだろ？　行けなかったのはそういう理由なんだ。約束を破ったんじゃない。俺は今日、いや、ついさっき親父からそれを聞いた。ベッドに寝たまま、自分が死にかけている癖に、早く行かないと、間に合わなくなるって、寝言でも言っていたんだ」

「やっぱり……そうだったんですね」

「そう。だから誤解しないでくれ。親父は君を裏切ってなんかいない。自分の命よりも大事な約束だったんだ。俺がちゃんと聞いておくべきだった。行けなくてすまなかった」

「謝るのは私のほうです。お父さんの体調が気になっていたのに、自分の相談しかできなくて。今も、守琉さんに迷惑をかけてしまって……」

「迷惑じゃないさ、兄妹なんだから。間に合って本当に良かったよ」

口元を押さえて、涙を浮かべる香苗に向かって語る。

昔から、いつも父の失敗を謝っている。

でも今回だけは自分の役目だと感じていた。

「私、信じていました。きっと守琉さんがまた助けに来てくれるって」

「また？」

「覚えていませんか？　ジャングルジムから降りられなくなった私を助けてくれたこと」

香苗の視線が目に飛び込んで、記憶の奥底に光を当てる。

「あの、小学一年生の頃の？」

「私はまだ三歳でした。お母さんとお父さんもいて、ご実家近くの広い公園で会いました」

忘れていた光景がまざまざと脳裏に浮かぶ。

父に連れられて行った公園に、見知らぬ女と幼女がいた。

父と女がベンチで話をしている間、幼女と公園で遊び回っていた。

そして少し目を離した隙に、幼女はジャングルジムの頂上まで登っていた。

「そうだ。女の子が、泣いていたんだ。ジャングルジムの天辺に座り込んで。でもそこは親父たちからは見えない場所だった。それで俺は……」

「それで守琉さんも上がって来てくれて、私を抱いて降ろしてくれました」

「でも、落ちたんだ」

「はい。途中で二人とも落ちました」

香苗を抱えて足下も見えないまま、必死に降りようとした。

でも中程で足を踏み外して落下した。

落ちる瞬間、彼女を落としてはいけないと思い、腕を伸ばしてその体を持ち上げた。

それで着地にも失敗して、結果、二人分の体重が左膝の一点に集中して地面に激突した。

「そうだったのか……あの女の子が、君だったのか」

「あの時、私はよく分からなかったんですけど、酷い怪我をされたんじゃないですか？　救急車が来たのを覚えています」

「まあ、打ちどころが悪かったんだろう。えらく血が出て六針も縫われた。傷跡は今も残っているよ」

「やっぱり！　ごめんなさい……」

「謝らなくていいよ。俺も今まで忘れていたんだから。香苗さんこそよく覚えていたな」

「忘れません。あの時の守琉さん、大丈夫だ、俺が助けてやるからなって、励ましてくれました」

「俺、そんな生意気なこと言ったの？　それで落ちているんだから格好悪いな」

「そんなことないです！　私、それが嬉しくて、ずっと覚えていました。だから今も……」

香苗はゆっくりと瞬きをして微笑む。

彼女の笑顔にこれまでの行動が報われた気がする。

ようやく、望み通りの未来へと辿り着けた。

「あとは、逃げたあいつを何とかしないといけないな」

「北垣さん、また私を襲いに来るでしょうか？」

「いや、さすがに来ないだろう。悪事もみんなバラしてやったんだ。もう君の家にもいられない。逃げるしかないよ」

「でもお母さんはまだ何も知りません。危なくないですか？」

「うん。そっちは心配だな。電話を掛けてちゃんと伝えたほうがいい。あと警察にも……」

香苗と対策を話しつつ、廊下の先にある非常階段に目を向ける。

もう北垣が引き返して来る様子はない。

その隣にはエレベーターのドアが見えるが、この一五階に箱は到着していない。

すぐ隣にある呼び出しボタンの上の階数表示は『6』で止まっていた。

――六階？

何か不自然な状況を感じて、目が離せなかった。

36

吹き抜けに降る雨は激しさを増して、まるで流れる時間の速度を知らせているようにも見える。

時刻は既に四時を過ぎていて、今は全世界の人間と同じように、体験したことのない未来へと辿り着いていた。

「何で……エレベーターが六階で止まっているんだ？」

「どうしたんですか？」

不思議そうに尋ねる香苗の声にも反応できない。

彼女が側にいるというのに、現実が酷く心許ないものに思えてきた。

北垣はエレベーターではなく非常階段を使ってここから逃げ出した。

しかしそれから先の行動は分からず、ただ奴を追い返して香苗と再会できたことを喜んでいた。

エレベーターは午後四時を過ぎると、三〇分だけ時間が戻るタイムマシンになっていた。

その時、乗り込んだエレベーターは時間が遡るとともに、必ず六階に到着していた。

「香苗さん、ひとつ君に話していないことがあるんだ」

「え、なんですか？」

「いや、ともかく一緒に行こう」

混乱する頭を抱えつつ廊下を進み、エレベーターの前で呼び出しボタンを押す。

階数表示は、操作に従って七階、八階と数字を増やしていった。

エレベーターで時間が戻った時、元々進んでいた時間とその現実は、どのように修正されていたのだろう。

録画した映像が逆回しされるように、人々は後ろ歩きで引き返し、死人は蘇って目を開き、割れたコップは元に戻っていくのだろうか。

それとも、進んだ未来はそのまま続いて、途中の過去が枝分かれをして、新たな現実となるのだろうか。

考えて分かるものでもない。

今知りたいのは、北垣がエレベーターに乗って時間を戻ったかどうかだった。


一五階に箱が到着してドアが開く。

二人揃って乗り込むと、わずかに震える指先で『1』のボタンを押した。

「外へ行くんですか？　守琉さん」

「香苗さん。手を繋いでいていいか？」

「え？」

「頼む」

有無を言わさずに左手で香苗の右手を掴む。

彼女は抵抗することなく、やや不安げな表情で手を握り返した。

指は折れそうなほど細く、しっとりと汗ばんだ手の平からは温もりが伝わる。

もしここで、再び時間が戻れば香苗はどうなるのだろう。

彼女のスマートフォンのように、一瞬の内に消失してしまうのか。

あるいは一緒に時間を遡ることができるのか。

それも、考えて分かるものではなかった。


エレベーターは速度を緩めて、六階で停止する。

ドアが開くと、無人の廊下が目の前に広がった。

「あれ？　なんで六階で止まったんでしょうか？」

「ちょっとここで待っていてくれ」

香苗の手を離してエレベーターから廊下へと出る。

これまで何度となく見た光景。

しかし吹き抜けには雨が降り続けている。

自宅のある左の廊下を向いたまま、手首を持ち上げて腕時計を確認する。

針は、午後四時一三分を示していた。

——時間は戻っていない、ということは？

「守琉さん！」

突然、後ろから香苗の叫ぶ声が聞こえる。
彼女に背中を突き飛ばされて前のめりになった。
転ぶ寸前で床に手を突き、立ち上がって振り返る。

北垣が、香苗の首筋に包丁を振り下ろしていた。

「香苗！」
声を上げたが間に合わないと瞬時に悟った。
香苗は白い首から血を噴き上げて、力なく床に崩れ落ちた。
北垣はエレベーターの右脇にある非常階段に隠れていたらしい。
それに気付かず左を向いていた隙に、後ろから襲いかかってきた。
香苗は床で自分の血溜まりを見つめたまま痙攣を繰り返す。
北垣は光のない目を見開いて、無言のままさらに包丁を振り上げた。
その刃先と柄には見覚えがある。
自宅のキッチンで使っていた物だ。
北垣は、六階にある自宅に合鍵を使って侵入して、勝手に包丁を持ち出していた。
「てめぇ！」

怒りに任せて飛び掛かると、北垣はこちらに向かって包丁を繰り出す。

慌てて顔を傾けてかわすと、そのまま体当たりを食らわせた。

しかし北垣の体勢は崩れず、逆に押し返される。

さらに足で蹴りつけられて、エレベーターの中まで転がされた。

北垣は顔を真っ赤に膨らませて、目には狂気の光を宿らせている。

なおもこちらに向かってくる寸前で、エレベーターのドアが閉まった。

「待て！　北垣！」

立ち上がって、エレベーターの操作盤から『開』のボタンを押す。

しかし、なぜかドアは開かない。

ガラス窓の向こうで北垣は、こちらから顔を背けると、床に倒れた香苗に向かって包丁を振り下ろした。

「やめろ！　おい！」

ざく、ざくと、まるでシャベルで土を掘り返すように包丁で突き続けている。

『開』のボタンを連打するが全く反応はなく、やがてエレベーターはゆっくりと降下を始めた。

37

箱の中で床に手足を突き、項垂れて目を閉じる。
左の頬に痛みを感じて、わずかに包丁で切られたことを知った。
エレベーターは降下を終えると、何事もなかったかのようにドアを開く。
再び閉まることがないように戸袋を押さえると、立ち上がって廊下へと出た。

まだ雨の降っていない、六階に到着していた。

非常階段へと向かい、前回と同じ場所に腰を下ろす。
しかし、前回とは比べものにならないほどの絶望感に押し潰されそうだった。
――せっかく、助けられたのに。
やっと間に合ったのに、声を聞けたのに、笑顔を見たのに、手を繋いだのに。
――また、殺されてしまった。
叫びたい気持ちを必死に抑えて、歯が砕けそうになるほど食い縛(しば)る。

左手で頬に触れると、血がべったりと付着した。
「香苗……」
手の平についた血を見つめてつぶやく。
足は萎えて動かず、体は泥のように重い。
もう一回、助けに行かなければならない。
しかし、もう一回、同じように動ける気がしない。
時間を繰り返す度に真相へと近づくが、救える可能性はかえって遠ざかっていく。
それでも、やらなければならない。
右手の拳で、自分の側頭部を殴りつける。
それでも気が収まらず、何度も何度も殴りつける。
無力感に絡みつかれた脳を動かそうと、物理的に衝撃を与え続けた。

腕時計の針は、午後三時三五分を示している。
ぼんやりとそれを見つめたまま、大きく深呼吸を繰り返していた。
もう一五階まで非常階段を駆け上がる体力はない。
なけなしの気力で足を動かしても、香苗が殺される時間には間に合わない。
しかし、前回の経験で一つだけ分かったことがある。

それはエレベーターが、香苗が殺されると同時にタイムマシンになることだ。香苗が死んで初めて時間が遡る。

ということは、香苗が死ぬまでエレベーターはそのままのはずだった。

腕力で無理矢理に回した脳が発見した事実だ。

もう、その方法にすがるしか手はなかった。

午後三時五五分になったところで、おもむろに立ち上がる。

早足でマンション内へと戻ると、一五階で止まったままのエレベーターを六階まで呼び戻して乗り込んだ。

そして再び『15』のボタンを押すとドアが閉まり上昇が始まる。

もう頭の中は空っぽで、何も考えてはいない。

エレベーターはやはり何の変化も起きず、極めて正確に動き続けて一五階に到着した。

ドアが開くなり、脇目も振らずに走り出す。

目の前には互いに腕を引き合う香苗と北垣の姿が見える。

二人は突然現れた男に、しかもなぜか全身が汚れて傷ついた男に驚き動きを止める。

そんな状況にも関心を示さず一直線に近づくと、そのまま北垣の頬を思いっきり殴りつけた。

「ひゃっ！」

「下がって！」

悲鳴を上げる香苗を一喝して背後に回らせる。

不意打ちを食らった北垣は数歩下がってよろめいた。

「香苗、逃げろ！」

「え、守琉、さん？」

「そうだ。もう何も言わなくていい。こいつは君を殺そうとしているんだ！」

戸惑う香苗に向かってさらに叫ぶ。

「何だ何だ？　君は、何を言っているんだ？　僕は……」

「近づくな、北垣！」

うろたえる北垣に向かって声を上げる。

しかし彼は口を噤むと、さらに歩を進めた。

そして右のポケットからハンマーを取り出して振り上げた。

行動が前より早い。

とっさに腕を上げるが間に合わず、肩に強い一撃を食らった。

素早く左手を上げて奴の腕を掴む。

「守琉さん！」

「逃げろ！」
「ダメです！」
香苗は北垣を止めようと前に出る。
慌てて彼女を押し留めると、足を上げて北垣の太腿を蹴った。
しかし満足に力が入らない。
その間に、北垣が左手に持ったナイフで足を切りつけられた。
「何だよお前は、畜生……」
北垣は地鳴りのように低い声でつぶやく。
あの時見たように顔は紅潮し、目には狂気を宿らせている。
こちらが有無を言わせずに殴りつけた結果、奴も一足飛びに本性を現していた。
香苗を背にして数歩引き下がる。
肩と足の傷は浅いが、北垣はハンマーと包丁を手にしたままだった。
やはり、前と同じように立ち向かうことはできない。
圧倒的な殺意に死の恐怖を抱く。
それは香苗ではなく、自分自身が殺される予感だった。
騒ぎを聞きつけてマンションの住人が顔を出すかもしれない。

しかしそれまで持ちこたえられる自信もない。

右手にはガラス柵がある。

その先には転落防止ネットが張られて、さらに向こうは中庭まで一直線の吹き抜けになっていた。

「……香苗、ジャングルジムのこと、覚えているだろ？」

あの時、初めてこの時間を体験した時、香苗はここから突き落とされたのだ。

「え？」

背後に向かって尋ねると、香苗は脅えた声で反応する。

「俺と香苗が最後に会った日だ。君がジャングルジムの上で泣いていて、俺が助けに行ったよな」

「はい、覚えています。だから私は守琉さんに……」

「あの時のように、俺を信じて！」

そう言うと、ガラス柵の縁を掴んで体を引き上げ、吹き抜けのほうに降りる。

そして腕を伸ばして香苗を抱き上げた。

あの頃よりも随分と重くなったが、さほど苦にはならない。

香苗も素直に従いガラス柵に乗り上がる。

「な、何をしている？　香苗を離せ！」

北垣は我に返って声を上げる。

慌ててナイフを振り回すが、既に転落防止ネットへと逃れた二人には届かない。

そのまま吹き抜けの中央まで進むと、降りしきる雨が全身を濡らした。

「ど、どうするんですか？」

香苗は足をふらつかせながら尋ねる。

その質問に答える代わりに、彼女を強く抱き締めた。

「俺はもう全部分かっているんだ。君がここへ来た理由も、君が望んでいることも。本当によく来てくれたな、香苗」

「守琉さん……」

「大丈夫だ！　俺が助けてやるからな！」

耳元でそう声をかけると、香苗は黙ってうなずき背に腕を回した。

そして香苗を抱き締めたまま、吹き抜けの穴に向かって狙いをつけて一気に飛び降りた。

北垣の叫び声が響いたが、もう耳に届かない。

身を投げ出した二つの体は速度を上げて、繰り返される時間の輪からも飛び出した。

次の瞬間、激しい衝撃が、香苗を抱いて体を下にした背中に伝わった。

会社が管理しているこのマンションの構造は知り尽くしている。

吹き抜けの途中に設置された六階の転落防止ネットが大きくたわみ、二人の体を受け止めた。

両手と両足を広げて、吹き抜けから灰色の空を見上げていた。

「守琉さん！　大丈夫ですか！」

香苗は馬乗りになったまま、必死の表情で呼びかける。

その顔を見ていると、なぜか急におかしく思えて笑い出してしまった。

含み笑いが大笑いになり、雨と一緒に涙も流れた。

香苗は呆然と見下ろしている。

そんな妹に何も声をかけられず、ただその顔に向かって、いつまでも笑い続けていた。

——今度こそ、死ぬかと思った。

38

人生は自転車のようなもの、と言った人がいた。
倒れないようにするには、走り続けるしかないという意味だそうだ。
人生はマッチ箱のようなもの、と言った人もいた。
重大に扱うのはバカバカしいが、重大に扱わないと危険だという意味だそうだ。

芝居のようなものと言った人もいた。
重い荷物を背負って遠くへ行くようなものと言った人もいた。
川の流れのようなものと言った人もいた。
タマネギのようなものと言った人もいた。
誰もが何かに置き換えて、みんなに何かと言いたがる。
結局、人生は何とでも言えるものなのだろう。

人生は、エレベーターのようなものだと思う。
上がることもあれば、下がることもある。
目的の階まで一気に進むこともあれば、一階ごとに止まってドアが開くこともある。
知らない誰かが乗り込んで、一緒に行くこともある。
親しい誰かと途中の階で、別れてしまうこともある。
そして、最初に階数ボタンを押した時から、既に行き先は決まっているのだ。

だから、後悔するのだろう。
ドアが開いた先の現実が、ずっと前に予想していた未来だから。
やれば良かったと、やらなきゃ良かったと――
分かっていたのに選ばなかった、選べなかった――
あの時の迷いと弱さを思い知るから。

そして、他の誰かに階数ボタンを押されたと気づいて――
別の何かにそそのかされて押してしまったと分かって――
悔しくて、情けなくて、悩み苦しむのだろう。
何度も、何度も。

人生は、エレベーターのようなものだと思う。
だから、階数ボタンは自分で押さなければならない。
もっと素直になって、もっと自分を信じて。
『ご希望の階のボタンを押してください』のアナウンスに従って。

自分で選んだ結果なら、どんな現実でも受け入れられる。
うまくいっても、いかなくても、過去を振り返って自分を責めたりはしない。
たとえ行き先が決まっていたとしても――
予想通りの後悔ではなく、期待通りの未来を求めるべきだろう。

そうして生きた人にだけ、きっと本当に、思いがけない奇跡も起きる。
たぶん、それが希望というものだ。

39

その後、北垣武信は殺人未遂で警察に逮捕された。

一五階での攻防と六階に落ちた衝撃音は、マンション中の住人にドアを開けさせて、その全員の目に触れることになった。

守琉と香苗は馴染みのない隣人の手を借りて救出され、話を聞いて警察に通報してくれた。

そうなると北垣も二人を追いかけることはできず、そのままエレベーターで一階へと下りてマンションから逃亡した。

北垣がエレベーターで移動しても、時間が戻るようなことはなかった。

そして家にも帰れず、途方に暮れて徘徊(はいかい)していたところを、追跡していた警察官に取り押さえられた。

北垣は自分と香苗が連絡を取り合っていたものと思い込んでいたらしい。

それでもう何も言い訳はできないと観念したようだ。

ひとまずはこれで収まった。

しかし、奴の犯罪は結局未遂に終わっている。

逮捕されたとはいえ、期待するほど重い罪には科せられないだろう。反省して、心を入れ替えるような人間とも思えない。いずれまた復讐の牙をむいて二人の前に現れるかもしれない。もしそうなったとしても、次も香苗を守り抜く覚悟だった。


それから一週間後の日曜日。父の病室に香苗と母がやって来た。

あの公園で会って以来、一五年ぶりに対面した母。

改めて見るその顔は香苗に似て美しく、しかしどこまでも弱々しげに見えた。

事件を招いた元凶とも呼べる人だったが、その姿を見ても怒りが込み上げてくることはなかった。

今度こそはと思った再婚相手に裏切られて、大切な娘を失うところだった母。

母としても、女としても、これほど悔しくて情けないことはないだろう。

今さら何を言う気にもなれない。

きっと、失敗の多い人生を送ってきたのだろうと、そんな同情心すらも抱いていた。

母さん！　会いたかったよ！　と、感動的だが白々しい再会もなかった。

育てられた経験もなければ、愛された思い出もない。

責める機会もないままに、もう大人になってしまった。

母もそれに気づいているので、殊更に母子の間を詰めようとはしてこない。
まるで、恋人の母親くらいの距離感だった。
だからこの人は、ただ香苗の母という理由で、付き合っていこうと思った。
それ以上の感情は嘘になる。
妹を育ててくれた母ならば、愛することもできるだろう。
まずはそこから。
いずれどうなるかはまだ分からなかった。

父は未だ床に臥せっていた。
医師によると、病状は予断を許さないが、ひとまずは安定しているとのことだった。
点滴も鼻のチューブも今日は外している。
顔色も一週間前と比べると、いくらか良くなった気がする。
ただ、香苗はその弱り切った姿に衝撃を受けていた。
父は母と香苗の来訪をとても驚き、体調が心配になるほどうろたえていた。
まさか二人揃って会えるとは思っていなかったのだろう。
こちらを見て何か言おうしたが、それも言葉にならないようだった。
その反応を平然ととらえて、ただ顎をしゃくって母のほうを見ろとうながした。

話があるなら、そっちだろう。

うっかり礼でも言われては敵わない。

それで母に向かって、外の歓談スペースにいますと伝えて病室を出た。


ソファにもたれて白い天井を見上げていると、香苗もやって来て隣に座った。

「お父さん、大丈夫かな」

病院にいるせいか、香苗は静かな声で尋ねる。

その一言一言が胸に響く。

妹だから敬語はいらないと伝えていた。

「心配ないだろ。俺に似て頑丈だから」

香苗に目を向けて、できるだけ気軽に答える。

気休めの言葉ではなく、本心からそう思っていた。

別れるにはまだ早い、やっとこれからなのだから。

「それより香苗も大丈夫か？　怪我はなかったようだけど、マンションから落ちたんだ。痛いところはないか？」

「私は平気。守琉さんが守ってくれたから。守琉さんこそ……」

「俺も全然、大したことなかったよ。次の日も普通に仕事をしていたくらいだ」

笑って返すが本心ではなく、強がりの言葉だった。

体のあちこちをハンマーで殴られて、左足を包丁で切られて、転落防止ネットで背中を強打した。

無事であるはずがない。

だが、会社が管理する物件で事故を起こした責任として、無理やりにでも出勤する必要があった。

正直言うと二、三日は休みたかった。

「このくらいの怪我は予定通りだよ。そのつもりで俺は未来から戻ってきたんだから」

あの日、マンションで体験した全てを、その場で香苗にも説明していた。

自分でも信じられない、たった三〇分間の事件。

しかもあれ以降、エレベーターで時間が戻ることはなくなった。

だから証拠も何も存在しない。

それでも、香苗は兄の話を疑いはしなかった。

「本当なんだね、その話。守琉さんがエレベーターで時間を戻して、私を助けてくれたなんて。信じているけど、信じられない」

「実際に体験しても信じられないよ。でも、お陰で香苗を死なせずに済んだ」

右足の踵で床を叩く。

この世界は、現実。

だが目の前で香苗が生きていることに、未だに実感が湧かない。

また、どこかで死んでしまうのではないかという不安すらある。

隣で香苗も確かめるように両足で床を叩いていた。

「奇跡が、起きたのかな？」

「奇跡じゃないだろ。こんなの、最低の悪夢だ」

「奇跡だよ。私を助けようとしてくれた、守琉さんの思いが時間を戻したんだよ」

「最初はそんなつもりはなかったよ。君が誰かも知らなかったんだから」

「それでも、助けようとしてくれたんでしょ？」

「どうだったかな。何にしても、俺にそんなミラクルは起こせないよ」

「だけど私は、守琉さんならきっと助けてくれるって、ずっと信じていた」

香苗はこちらを見てしっかりとうなずく。

彼女にすれば、思いを募らせて、ついに会いに来た兄に、期待通り助けられたのだ。

その思いにも確信があるのだろう。


だから香苗の身に奇跡が起きたのだろう。

自分を信じて未来へ向かったのだから。

「家族って、何だろうな」

香苗を見ているうちに、ふとそんなことをつぶやいていた。

彼女は不思議そうな表情を向けていた。

「一つの家に一緒に住んでいたら、家族になるのか？」

「私はそう思わない。そんなの、ただそうなっているだけだから」

香苗は首を振って否定する。

「やっぱり、離れていても分かる血の繋がりとか、そういうのじゃない？」

「俺はそう思わない。血の繋がりだけで家族を強要されたくない」

香苗の言葉をさらに否定した。

離れていても分かるものなど、あるはずがない。

彼女はしばらくこちらを見つめていたが、やがて思いついたように目を大きく見開いた。

「じゃあ、きっと家族と思えば家族になるんじゃない？」

「家族と思うって？」

「この人とは家族だとお互いに思ったら、たぶんそれが家族なんだよ。一緒に住んでいなくても、血縁関係なんてなくても、家族と思えば家族。私はそれでいいと思う」

香苗は自分で言って自分でうなずく。

石と思えば石、木と思えば木。

彼女が示した回答は、何の説明にもなっていない、理屈抜きの強引な感情論だ。

しかし、それで妙に納得できたようにも思えた。


だから香苗にうなずき返すと、大きく伸びをしてソファから立ち上がった。

大切なのは、過去にどうしてきたかより、未来をどうしたいかという意思なのだろう。

「香苗、外へ出ようか」

「どこへ行くの？」

「どこにも行かないよ」

苦笑いを見せて手を差し伸べる。

香苗はその手を掴んで立ち上がった。

「私、お兄ちゃんに話したいことも、聞きたいことも、いっぱいあるの！」


病院の外には眩しい夏の日射しが降り注いでいる。

お互い、まだ何も知らないままだった。

Yowamushi ReSOUND
弱虫リザウンド
ルファポリス
OMICS
Yayoiso
夜宵草
『僕達の曲 響けー――』
Veb漫画界の新鋭・夜宵草が
でる音楽青春ストーリー！
田 律・大学生。趣味・動画共有サイト「スマイル動画」
の自作楽曲の投稿。そんな彼の曲を歌うのは、生身の人
ではなく機械音声――。ある日、林田は同じ学科の同級
である姫野 響花の歌声を聴き、一目惚れしてしまい……
気な律と人見知りな響花、二人のぎこちない気持ちが響
あう。
6判 定価:本体680円+税 ISBN 978-4-434-19935-6
Yowamushi ReSOUND
弱虫リザウンド
Yayoiso
夜宵草
「僕達の曲 響けー――」
ネットの片隅から一歩を踏み出す。
ReLIFE
人見知り系
歌姫

アルファポリス文庫

君が何度死んでも

椙本孝思（すぎもとたかし）

2017年 12月 25日初版発行

編　集ー太田鉄平
編集長ー塙綾子
発行者ー梶本雄介
発行所ー株式会社アルファポリス
〒150-6005東京都渋谷区恵比寿4-20-3 恵比寿ｶﾞｰﾃﾞﾝﾌﾟﾚｲｽﾀﾜｰ5F
TEL 03-6277-1601（営業） 03-6277-1602（編集）
URL http://www.alphapolis.co.jp/
発売元ー株式会社星雲社
〒112-0005東京都文京区水道1-3-30
TEL 03-3868-3275
装丁イラストーふすい
装丁デザインーansyyqdesign
印刷ー中央精版印刷株式会社

価格はカバーに表示されてあります。
落丁乱丁の場合はアルファポリスまでご連絡ください。
送料は小社負担でお取り替えします。

ISBN978-4-434-24125-3 C0193